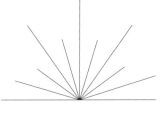

세미나를
위한
읽기책

세미나를 위한 읽기책
: 개념부터 흐름 파악까지 인문 고전 읽기

발행일
초판 1쇄 2024년 1월 31일

지은이
정승연

펴낸이
김현경

펴낸곳
봄날의박씨
주소. 서울시 종로구 사직로8길 24 1221호(내수동, 경희궁의아침 2단지)
전화. 02-739-9918
팩스. 070-4850-8883
이메일. bookdramang@gmail.com

ISBN
979-11-92128-41-2 03800

인문교양의 싹을 틔우는 봄날의박씨는 북드라망의 자매브랜드입니다.

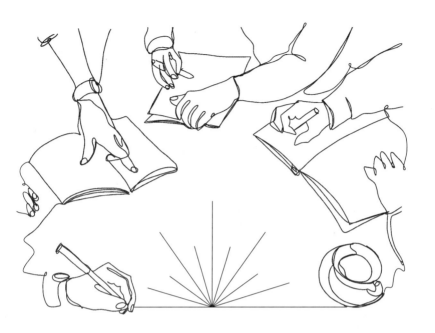

개념부터 흐름 파악까지 인문 고전 읽기

세미나를 위한

위한

정승연 지음

읽기책

봄날의
박씨

목차

머리말
많이, 자주, 고민하면서 읽기

『세미나책』이 나오고 벌써 3년 가까운 시간이 지나고 말았습니다. '말았다'고 말하는 이유는, 『세미나책』이 나온 직후부터 '다음엔 무슨 책을 쓸 거냐'는 질문에 '『세미나를 위한 읽기책』을 쓸 것'이라고 답해 왔기 때문입니다. 2021년 연말에는 나올 것처럼 말하고 다녔던 책을 이제야 겨우 쓸 수 있었습니다. 이유를 찾자면, 그동안 '읽는 일'에 너무 바빴다고 변명해 볼 수 있을 것 같습니다. 그 사이에도 세미나를 하고, 강의를 하는 일을 계속해 왔기 때문입니다. 그 모든 일은 결국 '읽기'와 더불어 할 수밖에 없는 일이었고요. 읽어야만 하는 책들이 얼마나 많았는지, 언젠가 가을쯤에는 '아무 책이나 읽고 싶은 책을, 아무 생각 없이 앉은 자리에서 끝까지 읽고 싶다'고 생각한 적도 있었습니다. 다들 아시는 것처럼 '읽기'는 그렇게 바쁜 와중에도 생각날 만큼 즐거운 것이기 때문입니다.

그러면, '읽어야만 하는 읽기'는 어떨까요? 그렇게까지 즐거운 일은 아니지만, 그것도 그것 나름대로 의미가 있습니다. 세상에 '즐거운 것'이 전부는 아니고, 즐겁지 않더라도 해야만 하는 것이 있기 때문입니다. '공부'가 그런 것이죠. '공부는 즐거운 것'이라는 말은 사실 거짓말입니다. 제 생각에 '공부'는 정의상 대체로 괴로울 수밖에 없습니다. 왜 그럴까요? '공부'는 우리 마음속에 난 길을 바꾸는 일이기 때문입니다. 공부하는 상태가 아니라면 우리는 늘 가던 길, 익숙한 길, 눈 감고도 찾아갈 수 있는 길로 가면 됩니다. 화가 나면 화를 내고, 울고 싶으면 울고, 배고프면 먹고, 욕하고 싶으면 욕하면 됩니다. 그런데 우리가 '공부'를 할 때는 그 길로 가면 안 됩니다. 지금 화가 난다고 해서 화를 내고, 울고 싶다고 해서 울어 버리면 어쩐지 그동안의 '공부'가 다 허물어질 것 같은 기분이 드니까요. 그래서 우리는 화를 누르고, 울음을 참고, 온 힘을 다해 일부러 낯선 곳을 향해 갑니다. 그 길이 익숙해질 때까지 몇 번이고 그렇게 합니다. 이 일이 괴롭지 않을 리가 없습니다. '공부'는 그렇게 읽히지 않는 것, 낯선 것, 읽어야만 하는 것을 읽는 것입니다. 아무거나 해도 되고, 아무 제약이 없는 상태에서 그런 일을 하기란 쉽지 않습니다. 그래서 세미나와 강의에 일부러 자신을 밀어넣고 '읽어야만 하는 것들'을 늘려 놓을 필요가 있습니다. 그래서 '공부'는 '일부러 구하는 괴로움'입니다. 그리고 그 '괴로움'이 사실은 '즐거움'의 조건이기도 합니다.

그 사이에 그렇게 함께 읽은 책들을 다시 떠올려 봅니다. 『존재와 시간』, 『차이와 반복』, 『방법서설』, 『제일철학에 관한 성찰』, 『에티카』, 『형이상학 논고』 등을 읽었습니다. 권 수로 따지면 여섯 권밖에 안 되는 것처럼 보이지만, 실상은 그렇지 않습니다. 왜냐하면, 열거한 책들 중 어느 것도 그 '한 권' 안에서 읽기가 끝나는 책이 없기 때문입니다. 저 텍스트들에 이르기까지 어떤 과정이 있었는지, 저 텍스트가 발휘하고 있는 영향력이 어디까지 미치는지 실감하기 위해서는 각각의 텍스트가 펼쳐 놓은 또 다른 읽기의 세계들을 통과해야 하기 때문입니다. 그래서 세미나를 하는 동안에는 읽은 책을 반복해서 읽고, 남는 시간에는 관련된 텍스트들을 병행해서 읽어 갈 수밖에 없습니다. 그뿐이 아닙니다. 책을 읽다가 문득문득 역사적 사건, 신화 속의 일화, 당대 사람들의 관용어 같은 게 나오면 인터넷을 뒤적거려야 합니다. 그러면 또 읽을 게 늘어납니다. 그런 식으로 '읽기'는 계속 증식됩니다. 이 일이 잘 되면 『존재와 시간』이나 『차이와 반복』 같은 텍스트들이 비교적 선명한 해상도로 보이기 시작합니다. '공부'가 '즐거움'과 관련되는 때가 있다면 아마 이 순간이 그런 순간일 겁니다. 읽히지 않던 게 읽히고, 내 안에 들어오지 않던 것이 들어오는 순간이니까요. 그런 일이 잦아지면 우리는 읽기 전의 자신과 약간 다른 사람이 됩니다.

그러자면 되도록 많은 글을, 자주, 고민하면서 읽어야 합니다. 이 책에서 말하고 싶은 읽기는 그런 종류의 읽기입니다. 세미나를 하거나, 강의를 하러 다니다 보면 특정한 '인문 고전'의 '내용'을 문제 삼는 것보다 '인문 고전'을 '읽는 법'이 먼저 이야기가 되어야 한다는 생각을 많이 합니다. 분석-종합, 개념적 독해가 일어나야 하는 텍스트를 두고 '감상적 독해'에 머무르는 경우가 너무도 많기 때문입니다. 그렇게 되면 세미나가 그저 감상을 나누는 시간이 되고 마니까요. 그러한 모임을 무의미하다고는 할 수 없겠지만, 우리가 '공부'를 하겠다고 마음을 먹었을 때 넘어서고 싶었던 것은 그런 단순한 '일상적 감상'을 재확인하는 것이 아니라, 그러한 '감상'이 어떤 이유로 발생하였는지, 그리고 그러한 '일상적 감상'의 수준을 넘어서려면 어떻게 해야 하는지 같은, 좀 더 깊은 심도를 가진 문제를 풀어 보려고 했던 게 아닐까요?

　그래서, 『세미나를 위한 읽기책』에서는 앞서 열거한 책들처럼 '그냥' 읽어서는 도저히 읽을 수 없는 책들을 어떻게 읽어야 하는지, 그 책들과 더불어서 어떤 글들을 더 읽어야 하는지, 그것들이 읽기 어려운 이유는 무엇 때문인지 하는 의문들에 답하고 싶었습니다. 물론 세상에 정답이 하나만 있는 경우는 거의 없기 때문에 제가 하는 말들만 정답일 수는 없을 겁니다. 다만, 저 나름대로 긴 시간 그런 책들과 씨름해 오면서 익힌 기술들을 전하고 싶었습니다. 세미나나 강독 강의처럼 일단은 읽어야 할 수 있고, 읽을수록 읽을 것들이 늘어나는 활동 속에서 '어떻게 읽어야 하는가' 하는 문제에 답하고 싶었습니다. '세미나를 위한 읽기책'이라는 이름 안에는 그런 사정들이 녹아 있습니다.

　그런 마음으로 잔뜩 써 놓고 보니 약간 주저하는 마음이 드는 것도 사실입니다. 왜냐하면, 그런 방법들을 아무리 말하고, 글로 써서 전한다고 하더라도 결국에는 많은 양의 글을 고생하면서 참고 읽어 가는 것 외에는 다른 뾰족한 방법이 있는 것은 아니기 때문입니다. 오히려 이렇게 긴 글로 써 놓고 보니 그 점이 더 분명해졌고요. 그럼에도 불구하고, 맨 앞에서 말한 것처럼 '읽기'는 기본적으로는 즐거운 일입니다. 전에 몰랐던 앎들이 내 안으로 흘러들어 오는 쾌감, 견뎌야 하는 일로 가득한 일상 세계와 달리 내가 아무것도 책임질 필요가 없는 세계를 여행하는 재미, 그런 와중에 나도 몰랐던 나 자신을 새로 발견하는 기쁨까지 그 어떤 매체에서도 얻을 수 없는 즐거움이 거기에 있으니까요. 물론 이 즐거움들은 그에 상응하는 대가를 요구합니다. 다양한 지식들 속에서 새로운 앎을 평가할 수 있는 능력, 새로운 세계를 두려워하지 않는 용기, 나 자신의 실상을 마주할 수 있는 굳건함 같은 것들이죠. 그래서 어느 정도 참아낼 필요가 있습니다. 이 책이 그 일에 도움이 될 수 있기를 바랍니다. 정말 막막할 때, 읽고 쓰고 공부하는 일 자체에 회의감이 들 때 이 책이 조금이나마 그런 기분을 덜어줄 수 있다면 저로서는 그보다 더 뿌듯한 일은 없을 것 같습니다. 멈추지 말고 공부하시길 바랍니다.

2024년 1월

정승연

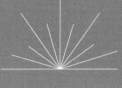

세미나를
위한
읽기책

'읽기'란 무엇인가?

"'읽습니다'라고 할 때 '읽기'에는 여러 방법들이 있습니다. 그 중에서도 매 시간 서로 돌아가며 한 단락씩 읽고 토론하는 방법은 '함께 읽기'의 가장 좋은 방법입니다. 이번 세미나에서는 『차이와 반복』을 바로 그러한 방법, '강독'으로 함께 읽습니다. 매 시간 모여 한 단락씩 읽고, 요약하고, 토론하고, 정리합니다. 이 방법은 발제-토론의 방법보다 어려울 수도, 쉬울 수도 있습니다. 매주 강독이 끝나면, 돌아가면서 세미나에서 나눈 내용을 정리하는 정리문을 씁니다. 이 정리문을 다음번 세미나를 시작하면서 모두 함께 읽습니다(정리문은 세미나 전날 자정까지 올려 주셔야 합니다). 학기가 끝날 때는 각자 에세이를 써서 발표하는 시간을 갖습니다." 문탁네트워크 2022철학학교, '들뢰즈의 『차이와 반복』 읽기' 세미나 안내문

인문학 세미나 모집 안내를 보고 있는 사람이 있다고 가정해 보겠습니다. 안내문을 읽다 보니 구미(?)가 확 당깁니다. 그러다가 "매주 강독이 끝나면, 돌아가면서 세미나에서 나눈 내용을 정리하는 정리문을 씁니다. (……) 학기가 끝날 때는 각자 에세이를 써서 발표하는 시간을 갖습니다"라는 안내문구에 이르면 입맛이 뚝 떨어지고 맙니다. 그러니까 '신청'을 향해 막 달리던 그 사람을 멈춰 세운 것은 '써야 하는 글'이 아주 많다는 사실이지요. 그리고 거기서 여러 생각들이 그 사람을 휘저어 놓습니다. '글을 잘 쓰고 싶다', '세미나를 하고, 써야 할 글을 계속 쓰다 보면 늘지 않을까', '내가 이걸 할 수 있을까' 등등.

그런 걱정들에도 불구하고, 이 모든 망설임들의 바닥에는 결국 어떤 '욕망'이 놓여 있는 게 아닐까요? 그러니까, '잘 쓸 수만 있다면 나도 하고 싶다'는 그런 마음 말입니다. 이때 '잘 쓴다'라고 하는 것은 결국 어떤 '표현의 욕망'일 겁니다. 어떤 '표현'일까요? 읽고, 생각한 것을 표현해 내는 것입니다. 정리하면 '글쓰기' 때문에 생겨나는 '망설임'은 읽고 생각한 것을 잘 표현하고 싶어 하는 욕망 속에서 생겨난 것이라고 할 수 있습니다. 그리고 생각해 보면 이러한 '표현'은 다만 '글'하고만 관련돼 있는 것도 아닙니다. 사실 우리 각자는 가만히 있더라도 표정으로, 몸짓으로, 가만히 있음이라는 상태로 무언가를 '표현'하고 있습니다. 그리고 인생의 문제란 대개 '표현된 것'과 '표현하고자 한 것' 사이의 간극 때문에 발생하곤 합니다. 요컨대 이 '표현의 욕망'도 나름의 심층적인 구조를 가지고 있습니다. 그리고 그것은 어떤 의미에서는 우리의 '자유'와 깊은 관련을 맺고 있는 것일지도 모릅니다. 그 구조를 찬찬히 살펴보겠습니다.

표현하고자 하는 것과 표현된 것 사이

'글을 쓰는 중'이라고 가정해 봅시다. 그때 우리는 머릿속에서 맴도는 '표현하고자 하는 것'과 화면에서 깜빡거리고 있는 '표현된 것' 사이를 수없이 왕복합니다. 그러는 중에 이미 표현된 것을 다른 것으로 대체하고 대체된 것을 또 거듭 수정하면서 결국엔 고정시킵니다. 이와 같은 일련의 활동이 말해 주는 것은 글을 통해 무언가를 표현하는 나의 의식이 어떤 '제약' 속에 있다는 점입니다. 이를테면 써 놓은 글을 '수정'한다고 해서 내가 원래 표현하고자 했던 것을 완전하게 표현할 수 없다는 말입니다. 이미 써진 '글' 안에는 항상, 어떤 식으로든 결손이 남게 마련이죠. 그건 누구라도 마찬가지입니다. 그런 점에서 보자면 우리는 '완벽'할 수 없고, 언제나 '최대치'를 지향하는 수밖에 없습니다.

그런데 '표현' 안에는 '표현하고자 하는 것'과 '표현된 것' 만 있는 것일까요? 아닙니다. 여기엔 하나가 더 숨어 있습니다. 그것은 '표현되어야만 하는 것'입니다. 사실 우리가 힘들어지는 것은 이것 때문입니다. 왜냐하면, 표현하고자 하는 것은 오로지 나의 욕망하고만 관계되는 데 비해서 '표현되어야만 하는 것'은 나와 내가 쓴 글 바깥에 있는 '제3항'의 존재가 관계되어 있기 때문입니다. 만약 그 글이 '기사'라면 그것은 '객관적 사실'이 될 테고, '논문'이라면 '연구 대상'이 될 테고 '세미나'나 '책읽기 모임' 같은 곳에서라면 그것은 무엇보다 '읽은 것'이 될 겁니다. '소설'이나 '시'라면 사정이 좀 더 복잡한데, 그 이유는 문학작품들에서 '외부'란 '현실 세계'이기도 하지만, 그것은 동시에 예술가의 내면 '안'에 있는 '바깥'이 될 것이기 때문입니다. 여하간, 이 책에서 주로 이야기하게 될 바깥은 내가 '읽은 것'입니다. '읽은 것'은 내가 써야 하는 글 안에서 '표현되어야만 하는 것'의 위치에 놓이게 됩니다. 이건 하나의 명령(order) 같은 것입니다.

어떤 세미나에서, 각자가 써 온 글을 근거로 토론을 하고자 할 때, 그 토론이 난항에 빠지게 되는 이유는 대개 '표현되어야만 하는 것'이 표현되고 있지 않은 글들 때문인 경우가 많습니다. 왜 그럴까요? 모든 문제는 '읽기'에서 비롯됩니다. '읽어야 할 것'을 제대로 읽어 내지 못했기 때문입니다. 읽어 내지 못한 그것이 '표현되어야만 하는 것'의 바탕을 이룹니다. 이렇게 되면 '표현'은 바탕 없이 부유하게 되는 것이지요. 뒤에 더 이야기를 하겠지만, 이때 오해해서는 안 되는 게 있습니다. '표현되어야만 하는 것'이 모든 사람에게 공통적으로 적용되는 정답 같은 게 아니라는 점입니다. 그건 사람마다 다 달라질 수 있습니다. 사실 그래서 어려운 것이기는 합니다.

읽는 것과 읽혀지는 것

무엇인가를 읽을 때를 생각해 보면 어떨까요. 그때 우리는 텍스트에서 무엇을 읽어 내고 있는 걸까요? 만약 두 사람이 같은 책을 읽고 있다면 그들은 텍스트에서 같은 것을 읽어 내고 있을까요? 전혀 그렇지 않습니다. 극단적으로는 두 사람이 완전히 다른 텍스트를 읽고 있는 것일 수도 있습니다. 예를 들어서 신경과학자가 읽는 『에티카』와 사회변혁을 고민하는 혁명가가 읽는 『에티카』는 전혀 다른 맥락을 형성하게 됩니다. 우리도 똑같습니다. 세미나 모임에서 '저 사람과 내가 같은 책을 읽은 거 맞나' 싶은 기분을 느껴 본 적 있지 않으신가요? 저는 매주는 아니지만, 1.5주에 한 번 꼴로 그런 기분을 느끼곤 합니다. 그건 '이상한 기분'이라기보다는 '당연한 기분'입니다. 그리고 그게 '텍스트-읽기'의 놀라운 점 중에 하나고요. 예를 들어 영화나 게임 같은 매체에 실린 콘텐츠에선 그런 기분이 텍스트에 비해 훨씬 적게 느껴집니다(물론 예외적인 경우도 분명 있기는 합니다). 어째서 그런 걸까요? 그건 텍스트가 그것과 대면하는 사람의 상상력을 훨씬 더 많이 요구하기 때문입니다. 이 말은 텍스트를 읽을 때, 우리는 우리가 읽고 싶은 바를 거기(텍스트)에 훨씬 더 많이 투사하고 있다는 의미입니다. 그런 이유로 동일한 텍스트를 읽었음에도 서로 읽은 바가 달라집니다.

이를 통해 또 한 가지 알 수 있는 것이 있습니다. 그것은 우리가 어떤 것을 읽을 때, 사실은 우리가 어떤 것을 쓰고 있다는 점입니다. 말하자면, 눈앞의 텍스트는 내 신체 안에서 새로 써지고 있는 것입니다. 따라서 우리가 진정 읽은 것은 사실 텍스트가 아닐지도 모릅니다. 진짜로 읽은 것은 내 신체가 새로 써 낸 텍스트가 아니었을까요? 그래서 우리의 '신체'가 중요한 요소가 됩니다. 그러니까, 읽는 것은 그저 의식이 하는 일일 수도 있지만(사실은 그렇지 않다고 생각합니다) 그것에서 무언가를 빼내고, 새로 써 넣고, 재구조화하는 일은 전체 네트워크의 결절점으로서 '나' 전체가 하는 일입니다. 다시 말해 읽을 때 내가 어떤 상태에 있느냐가 생각보다 중요하다는 것이죠. 이 말은 우리가 단지 눈과 머리만 가지고 텍스트를 읽는 것이 아니라는 말과 같습니다. 우리는 온몸으로 무언가를 읽어 냅니다.

그렇게만 할 수 있다면, 그 일이 잘 굴러 간다면 문제는 없습니다. 하지만 그게 잘 안 된다는 게 늘 우리를 괴로움에 빠뜨립니다. 다시 말해 온몸을 쓰고 싶지만 못 쓰는 것이죠. 이건 달리기하고도 비슷합니다. 복근과 둔근을 이용해서 가볍게 뛰라는 이론을 잘 알고는 있지만, 막상 달려 보면 언제나 발목과 종아리만 일을 합니다. 온몸이 사용되지 않는 것이죠. 텍스트를 읽는 일이 이와 같습니다. 온몸을 이용해서 그것과 감응하려고 하지만, 그저 눈에 걸리는 글자를 의식만 가지고 이해하려고 합니다. 이렇게 하면 텍스트의 글자를 읽을 수는 있지만 내가 그것(텍스트)이 된다는 느낌은 없습니다. 많이 부족하죠. 이때의 부족함은 그 텍스트에 관한 글을 써 보면 단번에 알아차릴 수 있습니다. 제대로 감응한 텍스트에 관해서라면 내가 쓰고 싶지 않아도 문장들이 샘솟듯이 흘러나옵니다. 그런데 그게 제대로 안 된 텍스트에 관한 글은 마른 행주처럼 문장들이 어딘가로 증발해 버립니다. 물론, 써 보지 않더라도 읽는 사람 자신은 알아차립니다. 그럼에도 '쓰기'가 의미가 있는 이유는 무엇 때문일까요? 그것은, 그러한 '쓰기'가 가뭄에 우물을 파는 것과 같은 일이기 때문입니다. 이 일은 내 안에 남으려고 하지 않는, 증발하려고 하는 '내용들'을 어떻게든 그러모으는 일이고, 이 일을 거듭할수록 내용을 흡수하는 나의 흡수력도 좋아집니다. 흡수력이 좋아질수록, 머금고 있는 양이 많아질수록, 흘러나오는 양도 많아집니다. '글쓰기'는 그 능력을 기르기에 더없이 좋은 방법입니다. 더 간단하게 말하면, 고생하지 않고서는 감응할 수도 없다고 말할 수 있습니다.

그렇게, 텍스트는 읽는 이가 누구냐에 따라, 그가 어떤 상태를 지나가고 있느냐에 따라 매번 다른 모습으로 나타납니다. '글'로 이뤄진 매체가 어떻게 그렇게 오랜 시간 동안 지배적인 매체로 '글자의 독재'프리드리히 키틀러, 『광학적 미디어: 1999년 베를린 강의』, 윤원화 옮김, 현실문화, 2011, 42쪽를 유지할 수 있었는지는 이 점을 생각해 보면 분명해집니다. 다시 말해 우리는 그것을 수백 번 읽는다고 해도 그것의 '전체'를 읽을 수가 없습니다. 그만큼 그것이 가지고 있는 잠재성이 크다는 것이고요. 그래서 '읽기'도 '쓰기'와 마찬가지로 어떤 완성된 '전체'에 도달할 수 없습니다. 우리가 할 수 있는 건 각자의 조건에 따라 최대치에 이르는 것뿐이죠. 그렇다면, 어떤 텍스트를 최대치로 읽어 내기 위해서는 어떻게 해야 하는 것일까요? 스스로 최대치의 변신을 거듭하는 수밖에 없습니다. 내가 바뀔 때마다 텍스트는 다른 모습을 드러낼 테니까요. 역으로 텍스트를 어떻게 읽느냐에 따라 내가 바뀝니다. 그렇게 변신의 순환고리가 구성됩니다. 내가 바뀌었다면 텍스트가 다르게 읽히게 되고, 텍스트를 열심히 읽었더니 내가 바뀌는 겁니다. 너무 아름답고 놀라운 일이 아닐 수 없습니다. 이 순환 속에 한 번 들어간 사람은 결코 읽기를 멈출 수 없습니다.

감응의 역량

나를 바꾸는 것, '변신'은 어떤 것일까요? 일단 '나'를 살펴볼 필요가 있습니다. '나'는 도대체 어떤 것입니까? '나'는 항상 무언가를 합니다. 가만히 있을 때조차 '가만히 있기'를 합니다. 그것은 먹고, 입고, 자고, 걷고, 노래하고, 사랑하고, 뛰고, 헤어지고, 쓰고, 읽고, 듣고, 죽습니다. 그러니까 그것은 가장 수동적일 때조차 무언가를 합니다. 이렇게 생각해 보면 '나'란 '동사'들의 묶음 같은 것입니다. '나'란 결국 나의 욕망들인 셈입니다. 내가 무언가를 하는 것이라기보다는 내가 하는 것들이 나를 이루고 있습니다. 그렇다면 '나'는 어떻게 변신할 수 있을까요? '하는 것'들이 달라지면 됩니다. 그럼 '하는 것'들은 어떻게 바꿀 수 있을까요? '만나는 것'들이 달라지면 됩니다. 그런 점에서 보자면 '읽기'는 정말 효율이 높습니다. 여행은 인생에 대단한 무언가를 남길 수 있는 힘이 있지만, 그 무언가를 만나기 위해 그곳에 가야만 하는 데다가 또 매번 그렇게 큰 변화를 이끌어 낼 수는 없습니다. 심지어 평생에 한 번도 그런 일이 일어나지 않을 수도 있고요. 읽기도 마찬가지이기는 합니다. 그렇지만, 이른바 '고전'으로 불리는 텍스트들은 수백 년의 시간을 견디면서 검증된 것들이라는 점에서 가능성이 훨씬 높습니다. 작은(?) 노력으로도 얼마든지 만나고 또 만날 수도 있고요.

여하간, 우리는 그렇게 마주치는 모든 것들 속에서 크고 작은 감응의 결과들을 쌓아 갑니다. 그것들이 결국 오늘, 지금, 여기의 '나'를 만들어 낸 것이고요. '변신' 속에서 '표현된 것'과 '표현하려는 것', '표현되어야 할 것'의 간극을 지속적으로 줄일 수 있습니다. 물론 그러한 변신의 결과가 훌륭하냐, 초라하냐는 다른 문제입니다. 일단은 변신할 수 있는 역량 자체에 집중할 필요가 있습니다. 왜냐하면 잘 바뀔 수 있는 능력이 있다면, 결과가 초라하더라도 그 초라함에서 보다 쉽게 빠져나올 수 있기 때문입니다.

만약 어떤 텍스트가 도저히 읽히지 않는다──그건 아마

도 그 텍스트와의 '감응'에 실패한 것일 겁니다. 그러면 그 텍스트는 애초에 나와 안 맞았으니 다른 텍스트로 떠나면 그만일까요? 그건 아닐 겁니다. 왜냐하면 내가 감응하지 못하고 멈춘 그 지점이 내 감응의 역량의 한계를 표시하는 지점이기 때문입니다. 만약 여러 감응들이 결국엔 나를 이루는 것이라면, 그 한계는 내 역량의 한계를 표시하는 것이기도 합니다. 이 역량이 크면 클수록 우리는 보다 더 자유로울 수 있습니다. 왜냐하면 세상에 나를 거스르는 어떤 것도 없는 사람이야말로 가장 자유로운 사람이기 때문입니다. '읽기'는 그 역량을 키우는 가장 효율적이면서도 좋은 방법입니다. 그 중에서도 여러 사람들과 같이 읽는 것은 더 그렇죠. 오랫동안 자기의 존재 전체를 걸고서 산에 오른 사람이 어느 순간 산이 되어 버리는 것처럼, 그렇게 읽는 사람은 결국엔 읽어 온 그것이 됩니다. 감응의 최대치에 도달하는 것이죠.

우리가 쓴 글의 대부분은 원래 쓰려고 했던 글이 아니고, 써야 할 것이 어딘가에 숨은 글이고, 잘 써지지 않았던 글입니다. 쓰려고 했던 것과, 나의 욕망과 나 자신의 불일치 속에 있는 글입니다. 거기서 우리는 어떤 속박을 느끼곤 합니다. 이 속박의 반대편에 자유가 있을 겁니다. 잘 읽는 것은 그쪽으로 향하는 첫걸음입니다.

덧달기 1
읽기와 달리기

"그에 비하면 나는, 내 자랑을 하는 건 아니지만, 지는 일에 길들여져 있다. 세상에는 내 능력으로 감당할 수 없는 일이 산만큼 있고, 아무리 해도 이길 수 없는 상대가 산더미처럼 있다." 무라카미 하루키, 『달리기를 말할 때 내가 하고 싶은 이야기』, 임홍빈 옮김, 문학사상, 2009,

지금까지, 또 앞으로 우리가 읽어야 할 인문 고전들은 속된 말로 '벽돌책'인 경우가 많습니다. 두껍고, 문장은 어렵고, 문장을 구성하는 논리는 촘촘해서 잠깐 한눈을 팔면 내가 무엇을 읽고 있는지 모르게 됩니다. 그런 책들을 읽을 때 무엇보다 중요한 능력은 영민한 두뇌, 그동안 열심히 쌓아 온 지식 같은 게 아닙니다. 가장 중요한 것은 '체력'입니다. 돌출부가 거의 없는 매끈한 논리로 쌓아올린 거대한 지혜의 축조물에 오르려면 일단 매달려 있어야 하기 때문입니다. 물론, 아무리 잘 매달려 있어도 힘은 결국 빠지게 마련이고 언젠가는 떨어질 수밖에 없다는 건 감안해야 합니다. 우리가 할 수 있는 건 다만 조금 더 오래 매달리는 것이죠. 그리고 그보다 더 중요한 것은 떨어지고 나서 다시 매달리길 두려워하지 않는 겁니다. 하루키가 '지는 일에 길들여짐'을 통해 말하고 싶은 것도 그것이 아닐까요? 그 같은 소설가라면 더욱 빈번하게 '지는 일'을 경험할 겁니다. 매일매일 써내기로 마음 먹은 원고가, 마음같이 써지는 경우는 거의 없으니까요. 그래서 소설가는 매일 떨어지고, 다시 매달리고를 반복합니다. 이건 그가 쓴 『직업으로서의 소설가』나 김연수의 『소설가의 일』처럼 소설가들이 자신의 '작업'에 관해 이야기한 산문들에 잘 나타납니다. 그런 이유에서 하루키와 김연수는 달리기를 하고, 칸트는 매일 같은 시간에 산책을 합니다. '지는 일'이 예정되어 있는 것과 마찬가지로, 다시 매달리는 일도 예정되어 있으니까요.

'읽는 사람'의 일도 이와 크게 다르지 않습니다. 쓰는 사람의 노고에 비할 바는 아니겠지만, 읽는 이도 그에 버금갈 만큼의 '지는 일'을 경험해야 읽고 있는 텍스트와 공통의 호흡을 구축할 수 있습니다. 그렇지 않은가요? 우리가 공부하는 무수한 텍스트들 앞에서 우리는 좌절합니다. 어느 누구라도 마찬가지입니다. '도대체 왜 이런 말을 할까', '이게 한국말인가', '나만 못 알아듣나' 같은 말들을 텍스트 앞에서 해보지 않았다면 그건 공부한 게 아닌 겁니다. 이 말들이 터져나오는 지점에서 우리는 지고 맙니다. 그런데 그렇게 지는 건 부끄러운 일도 아니고, 좌절스러운 일도 아니며, 공부를 포기해야 할 일은 더더욱 아닙니다. 오히려 '공부를 잘 하고 있다'는 걸 보여 주는 징표와도 같은 겁니다. 문제는 그렇게 지고 난 다음에 다시 텍스트로 돌아갈 능력이 있느냐 하는 겁니다. 앞서 말한 것처럼 이 능력은 다른 무엇보다 '체력'과 관계된다고 저는 생각합니다. 이때의 체력은 떨어져 나와도 다시 매달리는 힘 같은 거죠.

제목에 '달리기'라고 달아 놓았지만 걷기여도 괜찮고, 신체적으로 '좌절'과 '회복'을 경험할 수 있는 종류의 운동이라면 무엇이라도 상관없습니다. 저는 자전거를 탑니다. 오늘 40분, 다음번엔 같은 강도로 50분, 그다음엔 같은 강도로 1시간 이렇게 시간을 늘려 가기도 하고, 같은 시간 안에 강도를 늘려 가기도 합니다. 매번 얼마나 좌절하는지 모릅니다. 그런데, 이 경험이 차곡차곡 쌓이다 보면 운동을 해본 누구라도 알고 있는 것처럼 어떤 행위를 지속시켜 가는 내 능력이 향상되고 있다는 게 직관적으로 느껴집니다. 어제까지는 10쪽 읽

세미나를 위한 읽기책

고 지쳤다면, 오늘은 15쪽을 읽고 참고문헌까지 훑어볼 수 있는 정도가 되는 것이죠. 더 놀라운 건 심박수가 안정되고 뇌로 가는 혈류량이 늘어나면서 평상시 마음 상태마저 안정된다는 점입니다. 그래서 공부 '때문에' 운동을 한다면, 걷기, 달리기, 자전거처럼 비교적 천천히 긴 시간 할 수 있는 운동을 하는 편이 좋습니다. 이 운동들은 모두 가벼운 마음으로 질 수 있고, 언제든 다시 돌아가기 쉽다는 공통점이 있습니다.

흔히 '공부'는 오로지 정신적인 것이라고 생각하곤 합니다. 그런데, 공부를 하면 할수록 느끼는 건 '공부'야말로 물질적이고 생리적이라는 점입니다. 몸이 좋아지면 공부도 잘되고, 신체 상태가 나빠지면 제대로 읽어 갈 수가 없습니다. 스피노자는 『에티카』에서 "우리는 신체가 할 수 있는 일을 알지 못한다"고 말합니다. 그 말과 꼭 맞는 것은 아니지만 '운동'을 하면 내 '신체'에 대한 앎이 증가합니다. 내 몸의 현재 상태가 어떤지, 내 몸으로 얼마만큼을 할 수 있는지, 어떻게 하면 좋은 상태로 돌아갈 수 있는지 같은 것들이 그것이죠. 이러한 지식은 '공부'에도 긍정적으로 작용합니다.

세미나 교재를 읽다가 엎어지셨나요? 그러면 책을 덮고 나가시면 됩니다. 걷고 또 걸어서 다시 책상으로 돌아오면 다시 일어서서 텍스트를 주파해 갈 수 있을 겁니다!

2장

읽는 사람은
누구인가?

'읽기'가 불러내는 '사람들'

앞서 말한 것처럼 우리 각자는 우리가 가진 욕망들과 다르지 않습니다. 이 말은 달리 말해 우리가 어떤 문제들에 대한 답을 어느 정도는 대부분 미리 가지고 있다는 말입니다. 예를 들어 탕수육에 소스를 부어 먹냐 찍어 먹냐 같은 문제, 화가 나는 순간에 화를 내느냐 한 번 참느냐 하는 문제, 슬플 때 밖으로 나가느냐 안에 머무느냐 하는 문제 등에는 저마다 정해진 답이 있을 겁니다. 무언가를 읽을 때도 이와 같이 '미리 정해진 답'이 읽기에 큰 영향을 줍니다. 이를테면 톨스토이의 『안나 카레니나』에서 안나의 외도를 두고서 '그래도 외도는 안 돼'라거나, '나는 안나를 이해해'라거나 하는 두 가지 반응으로 나뉠 수 있습니다. 그런 상황에서 우리는 안나가 되어서 안나의 행동을 평가합니다. 물론 제3의 반응도 있을 수 있고요. 문학작품이 아니어도, 김희경의 『이상한 정상가족』처럼 '가족'과 '훈육'에 대한 일반적인 믿음에 반하는 텍스트들을 읽게 되면 심경이 '복잡'해질 수밖에 없습니다. '내가 지금까지 생각한 양육방식이 잘못된 건가', '부모가 자식에게 그 정도는 할 수 있는 것 아닌가' 같은 생각부터, '가족을 최우선으로 생각하는 건 본능 아닌가'까지… 나의 의식 안에서 일어나는 온갖 혼란스러운 반응들에 따라서 평소에 잘 감지되지 않았던 나의 욕망들이 어떠했는지 알아볼 수도 있습니다.

그렇게, 어떤 텍스트에 푹 빠져서 읽어 가다 보면 이상한 '나'들이 막 나타나서 자기가 진짜라고 주장하고, 나는 그걸 보고 있는 상황이 종종 일어납니다. 어쩌면 이게 정말 재미있는 점일지도 모릅니다. 그때야 비로소 깨닫습니다. '나'가 사실은 한 명이 아니었다는 걸요. 우리는 각자 한 명으로 드러나 있지만 보이는 게 전부가 아니었던 겁니다. 그 사람들은 일어나서 출근하고 먹고 자고 하는 동안에는 잘 드러나지 않다가 어떤 결정적인 국면에 불쑥불쑥 나타나곤 합니다. 그런 점에서 무언가 몰두해서 읽는다는 것은 '내 안의 타자'를 일부러 불러내는 행위 같은 것일지도 모릅니다. 그리고 그것은 일종의 '연습',

'훈련' 같은 것이기도 하고요. 왜냐하면, 인생의 행로를 크게 바꿀 결정적 사고를 칠 수도 있는 시점에서 만나는 것보다는, '읽기' 속에서 미리 만나 보는 것이 좀 더 수월하기 때문입니다. 그래서 오히려 반대로 가장 '성공적인 읽기'는 위험합니다. 기존에 믿어 왔던 '나' 전체를 뒤흔들고, 더는 이전과 같이 살 수 없게 만들어 버리니까요. 흔히 말하듯 '독서'가 '성찰'과 관련되어 있다면 아마도 이런 의미에서일 겁니다.

그런데 어째서 그 '사람들'은 우리가 무언가를 읽을 때 더 자주 모습을 드러내는 것일까요? 그건 아마도 '읽기' 속에서 우리가 늘 어떤 불균형 또는 비대칭적 상황을 겪기 때문입니다. 이때 '불균형'과 '비대칭'이란 읽는 것과 나의 의식 사이의 불균형과 비대칭입니다. 이것들은 읽고 있는 것에 '동의'가 되지 않을 때 일어날 수도 있고, '공감'이 일지 않을 때 확인될 수도 있습니다. 아니면, 완전히 동의가 되고 공감이 될 때도 일어날 수 있습니다. 왜냐하면 동의와 공감이 아주 완전하게 될 때면 그렇게 하고 있는 '나' 자신에게 어떤 위화감 같은 것을 느끼기 때문입니다. 그때는 평소엔 모습을 드러내지 않고 있던 내 안의 '사람들'이 저마다 말할 준비를 하고 있습니다. 다시 말해 읽는 것과 내가 미리 가지고 있었던 답들 사이의 일치와 불일치 모두 '사람들'을 깨우는 것이죠.

내 안의 '사람들'과의 대화

그러면 그렇게 나서서 말하려는 그 '사람들'을 우리는 어떻게 대해야 하는 것일까요? 여기에 몇 가지 모델이 있을 수 있습니다. 첫번째는 이 모든 목소리를 잠재우며 읽는 방식입니다. 이렇게 하면 상황이 매우 간단합니다. 이때의 '읽기'는 깊이 생각할 필요 없이 정보의 습득이거나, 줄거리의 파악이면 됩니다. 이때 여러 목소리들은 잠잠해집니다. 그럼에도 불구하고 쉽게 조용해지지 않는 것들이 꼭 있게 마련입니다.

두번째 모델은 그 목소리에서 출발합니다. 이미 내용과 줄거리를 간단하게 정리했음에도 '그게 꼭 그런 게 아니야', '안나의 외도가 꼭 안나만의 선택인 것 같아?!', '신이 정말 없을까?', '인공지능이 인공이라면 너도 인공 아니야?' 같은 말들이 떠나지 않고 남곤 합니다. 그러면 그 목소리에 귀 기울이며 다시 읽는 겁니다. 그러면 처음에 간단하게 정리한 내용과 줄거리가 전혀 다른 양상으로 드러나게 될지도 모릅니다. 같은 텍스트를 다른 내용으로 두 번 읽는 셈이죠. 그러면 첫번째 방식으로 읽은 '나'와 두번째 방식으로 읽는 '나' 사이에 어떤 불일치가 발생합니다.

이 불일치를 토대로 세번째 모델을 생각해 볼 수 있습니

세미나를 위한 읽기책

다. 도대체 왜 두번째 '나'는 쉽게 동의하지 못하고 의문을 갖는지, 어째서 그런 의문이 떠나지 않고 계속 머릿속에 맴도는지 생각해 보는 것입니다. 이때, 또 몇 사람이 나설 수 있습니다. 말하자면 어떤 '토론'의 장이 열리는 셈이죠. 이때 쏟아져 나오는 의견들을 듣고 종합하고, 의문을 해결하고, 또는 의문을 그대로 의문으로 남기면서 읽어 가는 겁니다. 굉장히 혼란스러울 수도 있지만, 이 방식을 이용하면 텍스트가 가진 잠재성, 그리고 내가 가진 잠재성을 최대한 사용해 볼 수 있습니다.

　마치 어떤 단계를 거쳐 가는 것처럼 설명하기는 했지만, 이러한 읽기의 세 가지 모델은 각각 따로 적용해 볼 수 있는 것들입니다. 나와 텍스트 사이의 상호작용의 정도에 따라 나눠 본 것 뿐이지요. 애초에 이렇게 읽어 보겠다 마음 먹고 읽을 수도 있지만, 세 가지 방식을 넘나들면서 읽어 갈 수도 있습니다. 또 그런 의도와 상관없이 자연스럽게 하나의 방식에서 다른 방식으로 넘어가 볼 수도 있고요. 아예 텍스트의 종류에 따라 방식을 달리해 볼 수도 있습니다. 다만, 중요한 것은 무언가를 읽어 갈 때, 나에게서 터져 나오는 낯선 목소리를 못 들어서는 안 된다는 점입니다. 내용과 줄거리를 파악하는 것에 머무르는 가운데에서도 그런 목소리들이 있다는 것만은 의식하고 있어야 합니다. 그럼에도 많은 경우 내용과 줄거리를 파악하는 것으로 읽기를 끝내곤 합니다. 그러고선 '읽었다'고 말합니다.

그렇게 읽은 게 정말 읽은 것일까요? 물론입니다. 저는 그것도 읽은 것이라고 생각합니다. 다만 그것은 내용과 줄거리를 파악하는 것에만 머물며 딱 한 번 읽은 것뿐입니다. 그러니까 그 텍스트와의 상호작용도 딱 그만큼에 머물 뿐이죠.

그런데 세상에는 거기에만 머물러서는 안 되는 책들, 그러니까 어떤 의미에서는 그 텍스트가 가진 잠재력의 10%도 채 못 건지게 되는 책들도 분명 있습니다. 예를 들어 스피노자의 『에티카』 같은 책은 이미 몇 번을 읽은 상태라고 하더라도 '다 읽었다'고 말할 수 없는 책입니다. 우주의 생김을 다루는 존재론에서 시작하여, 자유인의 삶에서 끝나는 특유의 구성은 텍스트의 마지막 페이지에서 다시 맨 앞으로 돌아오게끔 짜여져 있습니다. '자유로운 삶'을 살기 위해서는 이 세계가 어떻게 작동하는지 알아야 하기 때문입니다. 그렇게 다시 '자유로운 삶'에 이르더라도, 우리의 존재론적 조건이 세계에 대한 완전한 인식을 허용하지 않기 때문에, 5부에 이른 독자는 다시 1부로 돌아갑니다. 이런 식의 '반복'이 『에티카』라는 짧다면 짧은 그 텍스트를 '다' 읽지 못하게 합니다.

『에티카』뿐이 아닙니다. 서술의 구조 안에 그런 식의 '반복'이 의도되어 있지 않다고 하더라도 다루는 주제의 깊이와 폭이 깊고 넓어서 그럴 수도 있고, 읽는 사람의 처지에 따라 매번 달라지는 책들도 있고요. 소설을 예로 들면 10대에 '학급문고'로 읽은 『노인과 바다』와 노인이 된 후에 읽은 『노인과 바다』는 같은 책이지만 사실은 다른 책이라고 할 수 있을 겁니다. 어떤 책을 '읽었다'는 사실 그 자체는 무의미하다고 말할 수는 없지만 그렇다고 해서 대단한 의미를 가진 것도 아니라는 말입니다. 따라서 '읽었다/읽지 않았다'가 아니라 얼마만큼 그 텍스트를 '겪어 보았는가'가 더 중요합니다.

나 바깥의 사람들과 함께-읽기

그래서 모여서 책을 읽는 게 중요합니다. '세미나'는 내 안의 타자들을 더 잘 불러낼 수 있게끔 해주는 장치고요. 무슨 말인가 하면, 혼자서 앞서 말한 일련의 과정들을 겪어 갈 수도 있지만, 그게 쉽지 않습니다. 무엇보다, 갑작스럽게 말 걸어오는 타자의 존재는 어떤 의미에서는 대단히 미약하기 때문에 무시하기가 쉽습니다. 더불어서 그 말들을 혼자서 처리하기도 여간 까다로운 게 아니고요. 왜냐하면, 우리가 온전한 정신을 유지한 상태에서라면 내 안에서 울려오는 여러 말들을 평등하게 다루기가 어렵기 때문입니다. 이때, 그 말을 정말로 나의 바깥에서 내게 해주는 사람이 있다면 어떨까요? 그 말의 존재감이 강해집니다. 그 말뿐이 아닙니다. 누군가 세미나에서 아주 설득력 있게 어떤 내용에 대해 해석하는 말을 해온다고 가정해 봅시다. 그 말이 제대로 이해되기 시작하는 순간 나는 그 내용과 해석을 마치 원래 알고 있었던 것같이 느낍니다. 말끔하게 '이해'가 되는 순간이지요. 그러면 '나' 안에서는 어떤 일이 일어날까요? 지금까지 말한 것처럼 이야기해 보자면, 아주 똘똘한 누군가가 내 마음속에 새로 태어납니다. 그리고 그의 말들을 통해 텍스트를 읽어 갑니다. 당연하게도 이게 잘되면 텍스트가 이전과는 다른 면모를 보입니다.

물론 이런 일들이 다 잘될 때의 이야기입니다. 사실, 안 되는 경우가 훨씬 더 자주 있고요. 그런데 '잘되는 경우'보다 '잘 안 되는 경우'가 훨씬 많다는 사실은 우리가 단일하고, 이미 완성된 것으로 생각하는 '나'라는 관념이 얼마나 단단한 것인지 다시 생각하게 합니다. 다시 말해 무언가를 온몸으로 읽어 내기 위해서 우리는 지금보다 훨씬 가볍고 유연해져야 할지도 모릅니다. 나 바깥의 다른 사람들과 함께-읽는 것도 오로지 그 이유 때문입니다. 다만 혼자서 해낼 수 없는 유연한 상태에 이르기 위해서인 겁니다. 밖에서 치고 들어와서 단단하게 굳은

'나'를 깨부수려면 다른 사람도 필요하고, '얼어붙은 내면의 바다를 깨는' 텍스트도 필요합니다. '나를 바꾸는 읽기'란 그 공간을 통과해 가는 일인 것이고요.

'옳음'을 어떻게 내려놓을 것인가?

무언가를 읽을 때, 우리는 앞에서 말한 '타자성'을 경험하기도 하지만, 동시에 무엇보다도 강력하게 작동하는 '주관성'을 경험하기도 합니다. 이를테면 그것은 신념 같은 것일 수도 있고, 고정관념 같은 것일 수도 있으며, 오래도록 신체 안에 자리잡고 있는 '도덕' 같은 것일 수도 있습니다. 이 모든 것들은 결국엔 내가 옳다는 관념으로 표현됩니다. 이게 강하면 강할수록 텍스트도 강하게 버티게 마련입니다. 읽으면 읽을수록 텍스트에서 말하는 바가 싫어지거나 동의를 못 하겠다 싶은 경험들이 있을 겁니다. 예문을 보겠습니다.

90. 사는 것을 힘들어하고 우울한 사람들은 다른 사람들을 힘들게 함으로써, 즉 다른 사람을 증오하고 사랑함으로써 자기 마음을 가볍게 하고 일시적으로나마 유쾌해진다. 프리드리

허 니체, 『선악의 저편』, 박찬국 옮김, 아카넷, 2018, 158쪽

많은 경우 '사는 것을 힘들어하고 우울'해하는 저로서는 이런 문장을 보면 일단 불쾌해집니다. 왜 그럴까요? 아마도 속마음을 들킨 기분이 들어서일 겁니다. 속마음을 들키면 '나'는 어떻게 반응할까요? 어떻게든 나 자신을 변호하려고 합니다. 그러다 보면, 그저 '변명'에 불과했던 나의 반응이 하나의 신념처럼 굳어 갑니다. 반대의 경우도 가능합니다. 전적으로 인정하고 삶을 힘듦과 우울로 해석하지 않는 방법을 연구할 수도 있겠죠. 어쨌든 그렇게 놓고 보면 텍스트에 대한 나의 반응, 그러니까 내 마음속에서 일어나는 '싫음과 동의할 수 없음'은 텍스트의 내용에 전적으로 의존하는 것이 아니라 '나의 상태'와 그 내용이 만남으로써 일어난다고 볼 수 있습니다. 아마도 니체는 그러한 '효과'를 의도했을 테고요. 어쨌든, '읽는 이'로서 '나'는 그런 식의 반응에 대해 '싫음/좋음'이라는 단순한 반응 '너머'로 가 보아야 합니다. '읽기'란 텍스트의 '정보'를 흡수하는 문제가 아니라, '텍스트-나'의 상호작용 속에서 '나'를 갱신하는 일이기 때문입니다. 따라서 그러한 마주침의 국면에서 나의 반응을 잘 관찰할 필요가 있습니다. 이를 통해 그 텍스트가 지향하는 의도, 효과, 또는 그것의 결함이나 한계를 아주 선명

세미나를 위한 읽기책

하게 인지할 수 있고, 동시에 나 자신의 상태를 볼 수 있기 때문입니다. 이러한 읽기는 텍스트와 내가 가진 '가능성'을 개방합니다. 어떤 상태로든 변신할 수 있게 되는 것이죠.

최악은 '뻔한 이야기네', '결국 ○○○이란 소리군' 같은 식으로 텍스트가 가진 모든 맥락을 삭제해 버리는 태도입니다. 왜냐하면 그러한 태도는 건지는 것 하나 없이 텍스트를 왜소하게 만들고, 자신을 딱딱하게 고정시켜 버리는 태도이기 때문입니다.

이것은 우리가 다른 사람과 이야기를 할 때도 마찬가지입니다. 자신의 생각과 완전히 반대되는 의견을 가진 사람과 이야기할 때를 떠올려 보면 쉽게 이해가 됩니다. 그런 사람과 토론을 할 때면 대부분의 경우 그가 하는 이야기를 주의 깊게 듣지 않습니다. 다시 말해 그의 발언 속에 있을지도 모르는 다른 가능성은 생각하지 않는 것이죠. 그렇게 되면 중요한 것은 그냥 내가 하고 있는 이야기, 앞으로 할 이야기뿐입니다. '토론'은 그저 이름만 남게 됩니다. 나와 완전히 다른 의견을 가진 텍스트를 미리 '뻔한 이야기'로 만들어 놓고 읽는 것이 딱 그와 같습니다. 그런 경우라면 사실 그 텍스트를 굳이 읽을 필요가 있나 하는 생각도 듭니다. 그 텍스트와 대결하는 것과는 별개로 그것이 가진 가능성을 좀 더 많이 고려할 필요가 있다고 저는 생각합니다.

이 경우에도 앞서서 말한 것과 같은 내 안의 타자들을 의식하고 있어야 합니다. 왜냐하면 나는 분명히 이 의견에 반대하지만, 그럼에도 불구하고 내 안의 어떤 부분은 그렇지 않을 수가 있기 때문입니다. 이런 경우는 굳이 예를 들지 않더라도 수도 없이 많은 사례들을 찾을 수 있습니다. 특히나 최근에 문제가 되는 '혐오'를 키워드로 생각해 보면 쏟아지는 사례들에 놀라게 될지도 모릅니다. 어쨌든, 내가 언제나 옳을 수 없기 때문에, 그리고 나의 의식의 대부분은 생활의 편리를 위해 자동화되어 있기 때문에 우리는 어떤 것을 읽는 과정에서 수도 없이 나의 옳음들을 내려놔야 합니다. 이런 점에서 보자면 '읽기'는 내가 기존에 가지고 있었던 습관, 신념, 관성 등을 파괴하는 행위일지도 모릅니다. 그게 일어나지 않는 읽기는 가치가 없다고까지 말할 수는 없지만, 힘이 약한 것은 사실입니다.

*

정리하자면 이렇습니다. '읽기'는 다만 어떤 정보, 지식 등을 '나'에게 저장하는 행위가 절대 아니라는 게 가장 중요합니다. '읽기'는 언제나 어떤 '변화'를 유도하고자 합니다. 그 '변화'

는 단일한 내가 변화하는 것이라기보다는 이미 '나' 안에 자리 잡고 있었던 다른 '나'의 영향력이 확대되어서 결국엔 지배적인 '나'로 바뀌는 과정입니다. '읽기'는 그 일을 하기에 가장 좋은 방법이고, 그 중에서도 여러 사람들과 함께 읽는 것이 가장 좋습니다. 이 일들을 원활하게 하는 것이 바로 내 삶을 바꾸는 '변신의 기술'로서 '읽기'라고 저는 생각합니다.

'공부할 시간이 없다'는 거짓말

무언가를 읽을 때는 '집중'을 해야겠지요. 그건 당연할 겁니다. 그런데 항상 그럴 수 없다는 걸 누구나 압니다. 그래서 우리는 부족한 '집중력'을 벌충하려고 '반복'을 합니다. 사실 이책에서 제가 내내 하는 이야기도 크게 다르지 않습니다. '집중해야 하고, 집중할 수 없으면 반복해야 한다'는 겁니다. 좁은 의미에서 집중한다는 것은 이 정도입니다. 해야 할 일, 여기서는 읽기를 하는 때를 말하고요.

그런데 약간 범위를 넓혀 보면 어떨까요? '집중'은 다만 읽을 때만 하는 것이 아닙니다. 사실 읽지 않을 때에도 해야죠. 모름지기 '공부'를 한다는 건 그런 거니까요. 그렇다면, 밥을 먹거나, 길을 걷거나, 양치질을 하는 순간에도 공부에 '집중'을 하라는 말일까요? 그건 아닙니다. 밥을 먹을 때, 길을 걸을 때, 양치질을 할 때는 하고 있는 그 일에 집중해야 합니다.

밥을 먹을 때, 밥 먹는 일에 집중하지 않으면 소화불량에 걸리고, 길을 걸을 때 걷는 데 집중하지 않으면 넘어지게 될 테고, 양치질을 할 때 양치질에 집중하지 않으면 충치가 생기고 말 테니까요. 그래서 이때의 '집중'은 좀 더 큰 의미입니다. 하고 있는 그 일에 집중하는 중에도 공부하고 있는 그 주제에 대한 관심을 완전히 끊어 버리면 안 된다는 겁니다.

예를 들어 설명하자면 이런 말입니다. 매주 수요일 저녁에 17세기 근대 이성주의에 관한 세미나를 하고 있다고 해보지요. 그러면 어떻습니까? 화요일 저녁부터 집중해서 책을 읽습니다. 이때 '읽기'는 무언가를 '읽는다'고 말하기보다는 '진도를 뽑는다'는 말이 더 적당할 겁니다. 어쨌든 그렇게 벼락치기를 해서 읽어 버리고 수요일 저녁 세미나에 참석합니다. 가까스로 세미나 중에 오가는 이야기를 듣고 오고요. 밤 10시쯤 세미나가 끝나고 나면 어떻게 됩니까? 네, 다음 주 화요일 저녁 전까지 공부하는 사람이 아닌 채로 삽니다. 그야말로 모든 걸 잊고, 평상시의 자신으로 살아가는 것이죠. 그리고 다음 주 화요일 저녁부터 이번 주 화요일 저녁에 했던 것을 반복합니다. 물론 그렇게 하는 것도 잘만 한다면 꼭 그렇게 나쁘다고만 말할 수는 없을 겁니다. 그렇게 하더라도 타고난 두뇌가 명민하다면 주어진 질문에 대한 답을 척척 낼 수도 있으니까요.

그런데 여기엔 두 가지 문제가 있습니다. 첫째는 우리 대부분이 그렇게 '명민한 두뇌'를 타고나지 않았다는 점이고, 둘째는 우리가 하려는 공부의 목표가 질문에 척척 답을 내리는 것이 아니라는 점입니다. 생활인으로서 바쁜 일상을 보내고 나지 않는 시간을 굳이 쪼개서 '공부'를 하려는 분이라면, 그런 '척척박사'가 되려고 공부를 하는 건 아니지 않을까, 저는 그렇게 생각합니다. 우리가 목표로 하는 건 '공부'를 통해서 내가 사는 모양을 조금 바꿔 보는 것 아닌가요? 그러니까 '일상'을 바꿔 보려고 하는 게 아니었나요?

말씀드린 것처럼 우리는 제기된 의문에 잘 답하고, 세미나 숙제를 척척 잘 해내고, 학기말의 에세이를 기가 막히게 잘 쓰는 것을 '공부의 목표'로 착각하곤 합니다. 사실 그런 건 중요하지 않다고까지 말할 수는 없지만 가장 중요한 것이라고 말할 수도 없습니다. 차라리 그것들은 부수적인 것들이죠. 그런 것들을 잘 해내는 능력을 '세미나 수행능력'이라고 부르겠습니다. '세미나 수행능력'은 사람들의 '인정'과 '칭찬', '감탄'을 이끌어 낸다는 점에서 중요한 능력이기는 합니다. 그런 인정, 칭찬, 감탄이 공부를 계속 해나가는 데 큰 도움을 주는 것도 사실이니까요. 사람 마음이 '잘한다'는 소리를 들으면 더 잘하고 싶어지는 건 당연지사죠.

그런데 좀 더 근본적인 층위에서 보자면, 그러니까 우리가 '공부'를 해야겠다고 마음 먹었을 때, 먹었던 그 '마음'은 '사람들에게 인정, 칭찬, 감탄을 들어야지' 하는 건 아니었을 겁니다. '세상에 내가 이해할 수 없는 일이 너무 많이 일어난다', '나는 왜 매번 똑같은 어리석음을 반복하는가' 같은 의문에서 출발해서 '더는 이대로 살 수 없다. 공부를 하자'는 결론에 이른 걸 겁니다. 그러면 이 '초심'에 비춰 우리가 해야 할 건 무엇일까요? 네, '공부'입니다.

그러면 어떻게 해야 할까요? 수요일 세미나를 앞두고 화요일 저녁에만 공부를 해서는 안 되는 겁니다. 매일 해야죠. 그런데, 우리는 각자의 생계를 이어 갈 책임이 있고, 공부와 큰 상관이 없는 생활을 꾸려 가야 할 책임이 있는 '생활인'입니다. 그래서 매일 '공부'에 몰두할 수는 없습니다. 기껏해야 일주일에 하루쯤 전적으로 공부에 몰두할 시간을 낼 수 있을 따름이죠. 그런데, 정말 그런가요? 혹시 월요일 저녁에 미뤄 두었던 넷플릭스 드라마를 보고 있지는 않나요? 지하철로 이동하는 시간에 유튜브 숏츠에 푹 빠져 있지는 않나요? 토요일에 놀러 갈 곳을 정하느라 금요일 저녁 내내 인터넷 서핑을 하고 있지는 않으신가요? 네, 그러니까 어쩌면 우리에겐 생각보다 많은 시간이 있을지도 모릅니다.

저는 제가 아는 누구보다 바쁜 생활을 하면서도 '공부'에 관심의 끈을 놓지 않는 분을 알고 있습니다. 업무 시간에는 회사 일에 전적으로 매달리고, 점심시간이나 간간이 짬이 날 때마다 떠오르는 생각을 스마트폰 메모앱에 적어 두고 퇴근 후에 메모들을 정리해서 '글'로 만드는 분입니다. 그런 일상을 보내는 사람을 보고 나니 '시간이 없어서 공부를 못 한다'는 말이 약간 거짓말처럼 느껴질 정도였고요. 그러나 물론 모두가 그 분처럼 살 수는 없다는 것도 잘 압니다. 그런데, 그렇지만, 기왕에 공부를 하기로 마음을 먹었으면, 당장 책을 펴고 공부를 할 수는 없더라도 나의 일상을 공부에 대한 '관심'으로 채울 수는 있지 않을까요?

제가 어쩌면 조금 주제넘게, 이런 이야기까지 하는 이유는 많은 사람들이 그렇게나 바라는 '인정' 역시 그런 '관심' 속에서 나온다고 생각하기 때문입니다. '수요일 세미나'에 관한 생각으로 일주일을 보내는 사람이 발제문도, 질문도, 에세이도 잘 써 낼 가능성이 가장 높은 사람일 테니까요. 정 시간이 없으면 질문 하나, 개념어 하나에 매달려 보는 것도 좋은 방법입니다. 그동안 읽은 내용을 토대로 떠올린 질문 한 가지, 나를 힘들게 만드는 어려운 개념 한 가지를 두고 오래 고민해

보는 것이죠. 이건 책이 없어도, 노트가 없어도 머리만 있으면 할 수 있으니까요. 오래도록 '관심'을 기울이는 것, 그게 아마 공부를 잘하는 비결이라면 비결일 겁니다.

3장

어떻게
얼마나 읽어야 할까?

여기까지만 놓고 봐도 여전히 막막하기는 합니다. 텍스트에
접근하는 방법을 바꾸고, 분석하고, 해석하고, 종합하고 하는
등의 '일반론' 정도는 누구라도 떠올릴 수 있는 것들이니까요.
"경기에서 이기려면 어떻게 해야 하나요?"라는 질문에 "공격
과 수비를 잘하면 됩니다"라고 답하는 격입니다. 묻고 싶은 건
"그 공격과 수비를 잘하려면 어떻게 해야 합니까?"인데 말이
죠. 사실 이에 대해서도 간단하고, 너무나 옳으면서 모두가 알
고 있는 답을 하는 수밖에 없습니다. 이를테면, "훈련을 열심히
하면 됩니다" 같은 말이죠. 그렇지만, 어쨌든, 바로 그 말 '열심
히 훈련해야 한다'의 내용이 무엇인지 풀어 볼 필요는 있습니
다. 연습 메뉴를 알고, 연습의 효과를 이해한 상태에서 하는 훈
련과 아닌 훈련에는 큰 차이가 있으니까요.

논리적 절차에 대한 이해

여기서 제가 말하는, 이른바 '학문'이란 대부분 이른바 '서양학문'에 한정됩니다. 이것은 옛날 사람들이, 동아시아 고유의 원전들을 익혔던 방법과는 다른 것입니다. 이를테면 옛 선조들은 『천자문』에서 시작하여, 『명심보감』, 『소학』 등을 거쳐 사서(四書)에 이르고, 그것들을 모두 암송할 수 있는 상태에서 삼경(三經)으로 심화해 가는 순서를 따릅니다. 또, 그것들을 읽을 때에도 소리 내어 마치 신체에 '경전'의 문장들을 새기듯 읽고요. 오늘날의 우리에게는 그런 형태의 읽기가 오히려 낯설죠. 우리에게는 소리 없이 눈으로 문장에서 문장을 쫓아가는 읽기가 더 익숙합니다. 우리에게 익숙한 그런 읽기 속에서는 인(仁), 의(義), 예(禮)… 같은, 과거라면 비교적 직관적으로 새겨졌을 글자들을 개념적인 논리체계에 따라 이해하려고 합니다. 그러니까 그것을 읽고 있는 우리는 어떤 대상으로부터 보편적 원리를 찾으려고 하는 서양학문적 사고방식에 따르는 셈이죠. 이건 의식적으로 그렇게 하는 것이 아니라 익숙한 방식에 따라 자연히 그렇게 되고 마는 것입니다. 그만큼 서구적 '읽기' 방식이 우리에게 익숙해져 있다는 방증이기도 하고요. 일단 이 방식을 따를 수밖에 없다는 사실을 인정할 필요가 있습니다. 의 사소통을 하려면 일단 '말'을 익혀야 하는 것과 같은 이치입니다. 그게 옳으냐 아니냐, 계속 그렇게 해야 하냐, 대안을 찾아야 하냐 하고 물을 수 있지만, 그건 그것대로 별도의 논의를 필요로 하는 큰 주제입니다.

상황이 그렇기 때문에 우리는 좋든 싫든 서양학문의 방법론을 익혀야 합니다. 동양고전을 제외한 인문학, 사회과학, 정치학, 경제학 등등에 모두 적용되는 것이기 때문입니다. '방법론'이라고 말하면 '접근방식'이라는 뉘앙스가 강하게 실리니 말을 조금 바꾸는 게 나을 듯합니다. 차라리 그것은 '방법론'이라기보다는 일종의 '문법'과도 같은 것입니다.

학문의 문법은 무엇일까요? 그것은 '논리학'입니다. 그래서 아리스토텔레스부터 '진리에 이르는 방법'으로서 '논리학'에 관한 저술들(『변증론』, 『소피스트적 논박』 등)을 남기기도 하였습니다. 앞으로 실제 텍스트의 문장들을 분석하면서 보게 되겠지만, 우리가 읽게 될 여러 텍스트들은 연역적 형식을 취하거나, 귀납적 형식을 취하거나, 연역-귀납적 형식을 취하거나, 더 세부로 들어가면 동일률에 따라 증명하거나, 모순율에 따라 증명하거나, 귀류법을 동원하여 증명하거나 합니다. 여기에 문학적인 수사를 가미하여 비유하고, 은유를 사용하고, 환유 등을 이용하기도 합니다. 보통 이런 경우 읽는 이로 하여금 직관을 사용하게끔 유도합니다. 이와 같은 방법들을 동양고전에서도 발견하려면 발견할 수도 있겠지만, 그보다 메타적인 차원에서 텍스트를 짜 나가는 방법이 아예 다르다고 보는 편이 낫습니다.

따라서 학문, 서양-학문을 공부하려면 좋든 싫든 이러한 문법을 훈련해야 합니다. 물론 '훈련'의 방법은 여러 가지가 있습니다. '논리학'이라는 분야를 꾸준히, 별도로 공부하는 방법도 있고, 아예 그런 것들을 모르는 채로 텍스트에 뛰어들어서, 익숙해질 때까지 읽어 가는 방법도 있습니다. 그렇게 해도 아주 천천히 느린 속도로 읽어 갈 수만 있다면, 특정 증명 방식에 대한 풍부한 예제를 자동으로 얻을 수 있으니까요. 그런데 역시 너무 느리고, 시행착오를 많이 겪을 수밖에 없다는 점에서 효율이 떨어지는 것도 사실입니다.

그래서 '무조건'이나 '꼭'이라고까지 말씀드릴 수는 없으나, 교양 삼아 '논리학'에 관한 공부를 해보는 걸 추천드립니다. 일단 한번 알고 나면, 이후에 공부를 해 나가는 데 대단히 도움이 됩니다. 논리학 책이 책상 옆에 있으면, 책을 읽다가 잘 이해가 가지 않는 특정한 증명 방법이 무엇인지 제대로 증명되고 있는 것인지 찾아보기도 좋고요.

축적된 데이터의 신비로움

다음은 양(量)에 관한 이야기입니다. 우리가 아무것도 깔리지 않은 새 컴퓨터를 구입했다고 상상해 보겠습니다. 그 컴퓨터로 무엇을 할 수 있을까요? 네, 할 수 있는 게 거의 없습니다. 왜냐하면 데이터가 아무것도 없기 때문입니다. 워드프로세서가 있고, 그걸로 생산한 문서가 있어야 '작업'이라는 걸 할 수 있는데 프로그램도 없고, 프로그램으로 생산한 데이터도 없으니 컴퓨터는 그저 쾌적하기만 할 뿐 쓸모가 없는 것이죠. 인문 고전 공부를 처음 할 때, 우리 뇌의 상태와 비슷합니다. 그렇지만 우리는 어쨌든 그 시점까지 여러 경험들을 하며 살아왔다는 점에서 공장 출고 상태의 컴퓨터보다는 훨씬 조건이 좋습니다. 희망을 잃지 맙시다.

그래서 처음에는 일단 많이 읽을 필요가 있습니다. 제가 추천하는 건 공부하려고 마음 먹은 분야의 '사상사'를 읽어 보는 것입니다. 미학과 예술학에 관심이 있다면 '예술사', '미학사'를 정치사상에 관심이 있다면 '정치사상사'를 읽는 것이죠. 그런 것들과는 별개로 '철학사'는 꼭 읽는 편이 좋습니다. 왜냐하면 과거에 지금처럼 학문 분야들이 분화되기 전에는 정치학을 하는 사람도, 미학을 하는 사람도, 심지어 과학자도, 수학자도 모두 '철학자'였기 때문입니다. '철학'이 학문 분과들 중에 독특한 위상을 갖는 이유입니다. 어쨌든 그렇게 '사상사'를 읽다 보면 자연스럽게 읽을 것들이 늘어납니다. 흥미가 생기기 시작한 사상가의 원전도 있을 수 있고, 특정한 사상이 헤게모니를 장악한 시기의 역사적 배경에 흥미가 생겨서 그 시기를 다룬 역사서를 읽을 수도 있고요. 뿐만 아니라 어디서 어떻게 관심이 생길지 알 수 없습니다. 읽어야 할 것들의 목록이 끊임없이 늘어나게 되죠. 그렇게 계속해서 읽어 갑니다.

여기까지만 이야기하면 '읽을 것'에만 집중하게 되는데, 사실 이와 동시에 향상되는 능력 한 가지가 더 있습니다. 그것은 '읽지 말아야 할 것'을 골라내는 능력입니다. 사실 이 능력이 읽을 것을 찾아내는 능력보다 더 중요할 수 있습니다. 세상에는 정말 무수하게 많은 책들이 있습니다. 우리는 그 중에 반도, 아니 10%도, 아니 1%도 읽지 못할 게 분명합니다. 따라서, 읽지 않을 것을 골라내는 것이 정말로 중요합니다. 힘을 모아도 모자란 판에 힘을 분산시켜서는 될 것도 안 될 테니까요. 텍스트를 보는 감식안이 생기면 사실 거의 다 된 것이나 다름없습니다.

이렇게 읽을 것들을 찾아내고, 그것을 읽어 가다 보면, 어느 순간 관련이 없는 것들이 파바박 연결되는 순간이 있습니다. '나는 생각한다. 고로 존재한다'라는 명제가 사실은 데카르트보다 훨씬 이전에 아우구스티누스가 내성(內性)에 관한 증명을 하면서 이야기한 바 있는 논제라는 것, 토씨 하나 다르지 않은 그 말이 어디에 놓이느냐에 따라 완전히 다른 의미 맥락을 형성한다는 것 등을 깨닫게 되는 것입니다.

　이런 식의 '연결'은 우리가 '현재'를 바라보는 관점을 변화시킵니다. 예를 들어 오늘날 우리가 이보다 더 나은 체제는 있을 수 없다고 믿는 '민주주의'에 사실은 '대의제'라는 말이 생략되어 있다는 것, 그것은 보편적이고 절대적인 체제가 아니라 상대적이고 역사적인 체제에 불과하다는 것, 다른 형태의 민주주의도 얼마든지 가능하다는 것 등을 생각할 수 있는 역량이 생기는 것입니다. 또, 지금 내가 나라고 믿는 이 존재의 '자기의식'도 생각보다 그렇게 자명한 것이 아니라는 것, 사실은 '나'가 아닌 것들을 하나씩 빼다 보면 '나'라고 부를 수 있는 게 아무것도 남지 않는다는 것까지 생각해 볼 수도 있고요. 이와 같은 생각의 전환과 도약들이 바꾸는 것은 결국 나의 삶 자체입니다. '나'를 절대적이고 자명한 것이라고 믿는 사람의 삶과 그것을 하나의 허상이라고 여기는 사람의 삶은 당연히 다른 궤적을 그리게 될 테니까요. 이 모든 것이 가능하려면, 요컨대 '연결'이 가능하려면 연결할 재료들이 많아야 합니다. 그래서 읽을 수밖에 없습니다. 읽는 것은 삶을 바꿉니다. 신비로운 일입니다.

병렬연결

그런데 우리는 누구랄 것도 없이 다들 부족합니다. 그건 아인슈타인이나 파인만이나 들뢰즈나, 이 글을 읽고 있는 분들이나, 저나 모두 마찬가지입니다. 우리가 '인간'인 이상 우리는 완결적인 시야를 가질 수 없습니다. 우리의 눈은 고작 두 개에 불과하고 시야각은 넓어 봐야 180도도 안 되니까요. 따라서 우리는 서로 연결될 필요가 있습니다. 내가 보는 것을 보지 못하는 사람이 있다면 내가 그의 눈이 되어 주고, 내가 듣지 못하는 것을 듣는 사람이 있다면 그의 귀를 빌려야 합니다. 공부에 있어서도 마찬가지입니다. 혼자 공부하면 우리는 딱 그만큼, 혼자서 볼 수 있는 만큼만 볼 수 있습니다. 그런데 하나의 텍스트를 두 명이 읽고, 세 명이 읽고, 네 명이 읽는다면 어느 정도까지는 수가 늘어나는 만큼 더 읽을 수 있는 가능성이 있습니다. 그래서 저는 인문-고전-읽기의 가장 좋은 방법은 함께 읽는 것이라고 생각합니다.

'연결'은 여기에서 멈추지 않습니다. 사람-책-사람으로 연결되는 것처럼 텍스트들도 무수히 많은 연결망 안에서 태어나는 것입니다. 얼굴 한 번 본 적 없는 사람이라도, '텍스트'를 통해 연결될 수 있고요. 이를테면 제가 이 글을 쓰면서 인용하고 있는 여러 철학자들의 글처럼 말입니다. 내가 어떤 질문을 던지고, 어떤 주제를 공부하느냐에 따라 생각지도 못한 연결들이 생겨날 수 있는 것입니다.

얼마나 읽어야 할까

앞에서 말씀드린 '데이터 축적'과 관련하여 이번에는 읽는 '양'에 대해서 좀 더 자세하게 이야기를 해보겠습니다. 언급한 것처럼 대개는 많이 읽는 게 여러모로 유리하기는 합니다. 예를 들어, 어느 텍스트에서 고대 그리스 시대 아테네의 직접 민주주의 체제를 다룬다고 가정해 보겠습니다. 그 글의 필자는 '민주주의'가 '인민에 의한 인민의 직접지배'라는 통상적 의미로부터 그 역시 일종의 '지배'이며 이는 '무지배'로서의 '이소노미아'와 대립되는 것이라고 논지를 전개합니다.가라타니 고진, 『철학의 기원』, 조영일 옮김, 도서출판b, 2015 이때 고대 그리스 시대에 대한 여러 지식들이나 정치체제로서의 민주주의에 대한 개념을 미리 가지고 있으면 어떨까요? 당연하게도 필자의 주장을 다양한 각도에서 다시 생각해 볼 수 있습니다. 이를테면 교차검증도 해 볼 수 있고 그에 근거해 반론을 세워 볼 수도 있습니다. 어쨌든 필자의 논지를 그대로 따라가는 것을 넘어서 자신이 미리 가지고 있었던 어떤 관점과 맞세워 볼 수 있는 것이지요. 그렇기 때문에 이런저런 텍스트들을 미리미리 읽어 두는 것은 어떤 경우에도 유리합니다. 다만 그렇다고 해서 계통 없이 이런저런 텍스트들을 마구 읽어 대는 것은 별로 권장하지 않습니다. 뭐 그것도 그것 나름대로 즐거운 점이 있기는 합니다. 오로지 '즐거움' 때문이라면 괜찮지만, 아무래도 읽기의 밀도가 헐렁해질 가능성이 매우 높습니다. 그래도 아예 안 읽는 것보다는 낫기는 합니다.

텍스트 세트 만들기

보드게임이나 보드게임에 영향을 받은 비디오 게임들 중에 '덱(deck) 빌딩 게임'이라는 장르가 있습니다. 특정한 효과를 발휘하는 카드들을 모아서 하나의 세트를 이뤄 진행하는 게임입니다. 카드들이 모여 이루는 한 세트가 하나의 개체로 기능하는 것이죠. 따라서 플레이어는 게임을 시작하면서 앞으로 벌어질 상황을 예측해야 하고, 자신이 어떤 플레이를 펼쳐 나갈지 고민해야 합니다. 그런 예측과 선호를 기반으로 카드들을 모으고, 그렇게 모은 카드들로 플레이를 펼쳐 가는 것이고요.

이건 우리가 세미나나 강의를 준비할 때 텍스트를 모으는 것과 거의 동일합니다. '플라톤 초기 대화편 읽기'가 세미나의 주제라면, 하고 싶은 몇 가지 핵심적인 이야기를 기반으로 그에 상응하는 텍스트들을 모읍니다. 『고대 철학이란 무엇인가』, 『유명한 철학자들의 생애와 사상』, 『사랑에 빠진 소크라테스』, 『플라톤 철학과 헬라스 종교』, 『소크라테스』 등과 같은 책들이 그렇게 모은 것들입니다. 이 외에도 어느 철학사 텍스트 속에 등장하는 플라톤과 소크라테스, 아리스토텔레스까지 살펴봅니다. 이 텍스트들 모두를 꼼꼼하게 읽어야 할까요? 그건 불가능합니다. 이 텍스트들은 그저 훑어보는 정도면 됩니다. 그렇게 훑어보는 중에 목차의 어느 부분, 서문의 어느 부분에서 처음 떠올렸던 '이 주제를 통해 내가 하고 싶은 말'과 달라붙을 수 있는 부분을 찾아내는 겁니다.

이런 예가 있을 수 있습니다. 이를테면 저는 소크라테스라는 인물 그 자체에 관심이 많습니다. 그래서 도대체 소크라테스는 어떤 사람이었을까 하는 의문이 늘 있었고요. 그런데 우리에게는 여러 문헌들, 특히 플라톤의 대화편에 등장하는 인물로서 소크라테스만이 알려져 있습니다. 문제는 여기에서 시작됩니다. 거기에 나오는 인물 소크라테스가 정말 소크라테스 자신의 모습일까 하는 의심이 일어나는 것이죠. 그래서 크세노폰이 쓴 『소크라테스 회상』이나 디오게네스 라에르티오스가 남긴 『유명한 철학자들의 생애와 사상』 또는 아리스토파네스의 희극 「구름」에 등장하는 인물 소크라테스의 면모들을 함께 읽는 것입니다. 현대적인 텍스트로는 루이-앙드레 도리옹이 쓴 『소크라테스』나 아먼드 단거의 『사랑에 빠진 소크라테스: 철학자의 탄생』을 참조할 수도 있습니다. 이 텍스트들은 소크라테스라는 인물에 대한 궁금증이라는 의문 아래에 한 세트를 이루고 있는 덱과 같은 역할을 부여받은 셈입니다.

이러한 일련의 과정들을 정리하면 이렇습니다. 소박한 문제를 떠올리고, 그 문제의 해결에 도움이 될 법한 텍스트를 찾아서 모읍니다. 그리고 그 문제와 잘 달라붙을 수 있는 부분을 찾아 모아 놓은 텍스트들을 훑어봅니다. 적합한 부분들이 찾아지면 소박한 문제의식을 점점 심화시켜 나갑니다. 이 경우에 한해서라면 소크라테스의 복장은 어떠했는지, 그의 말투는 또 어떠했는지, 그리고 그는 당대에 어떤 유형의 인물로 받아들여

졌는지 같은 문제들을 만들고, 답하는 과정입니다. 이 과정을 통과하고 나면 어떨까요? '소크라테스'라는 인물이 이전보다 훨씬 입체적으로 다가오게 됩니다. 그러면 '소크라테스는 어떤 사람이었나'라는 애초의 물음에 대해 훨씬 구체적이고 풍부한 답을 할 수 있게 되는 겁니다.

그러면 그 문제는 그대로 끝나느냐 하면 그건 아닙니다. 이 문제는 결코 끝날 수 있는 성질의 문제가 아니기 때문입니다. 참고한 텍스트가 달라지면 답도 달라지고, 내가 어떤 생각을 진행한 방향과는 다른 방향으로 생각을 진전시키면 또 다른 답이 나올 겁니다. 그 중에 어떤 답이 진짜 답일까요? 당연하게도 더 입체적이고, 더 구체적인 답은 있을 수 있습니다만 답이 아닌 것은 없다고 봐야 합니다. 이 문제는 종결될 수 있는 문제가 아니기 때문입니다. 차라리 더 다양한 답이 필요한 문제라고 봐야 하지 않을까요? 나아가 그 '답'들이 다시 '문제'가 되는 과정이라고 봐야 하지 않을까요? 인문학에는 정해진 답이 없다고 하는 것은 바로 이런 이유 때문입니다. 더 설득력 있고, 더 의미 있는 답을 할 수는 있지만, 불변하는 정답이란 있을 수 없는 것이지요. 그래서 어쩌면, 가장 중요한 것은 '문제의식'일지도 모릅니다.

문제의식의 문제

인문학 강의를 듣거나 세미나에 참여하다 보면 강사나 튜터로 부터 "문제의식을 갖고 텍스트를 읽어야 합니다"라는 말을 듣 곤 합니다. 이때 묻고 싶지 않으셨나요? "문제의식이 도대체 뭐고, 어떻게 가질 수 있는 것인가요?"라고 말입니다. 세미나 텍스트를 읽다 보면 "당장 텍스트의 요지가 뭔지, 뭘 문제 삼고 있는 건지 알아내는 데 급급할 뿐인데 '문제의식'이라니!" 같 은 생각이 절로 듭니다. 그런데 반대로 '문제의식'이 없기 때문 에 그저 읽기에 급급한 것일지도 모릅니다.

'문제의식'이란 간단하게 말해서 내가 바로 이 텍스트 앞 에 앉아 있는 이유라고 할 수 있습니다. 예를 들어 '철학입문 : 서양철학사로 익히는 철학의 기초'라는 제목의 세미나가 있다 고 가정해 보겠습니다. 그 세미나에 신청한 어떤 사람은 '그래, 이 기회에 철학과 좀 친해져야지'라고 생각했고요. '철학과 친 해지기'가 일단 가장 원초적인 문제의식입니다. 이제 세미나가 시작되고 '1장 소크라테스 이전 철학자들'을 읽기 시작합니다. 탈레스, 헤라클레이토스, 아낙시만드로스 등등 이름도 생소하 고 발음도 어려운 고대 그리스의 자연철학자들이 좌라락 나오 기 시작하면 어떻게 됩니까? '아, 나는 철학하고 친해지기 어려운가 보다'라는 상태에 이르게 됩니다.

이때 두번째 문제의식이 탄생합니다. '왜 나는 철학과 친해지기 어려운가'라는 문제의식이죠. 이 문제의 답을 텍스트에서 찾을 수 있을까요? 있습니다. 탈레스, 헤라클레이토스, 아낙시만드로스 등등이 그와 같은 이야기들을 왜 했는지, 내가 그 이유들을 납득할 수 있는지 여부를 생각하면서 읽는 것이죠. 납득이 되지 않으면 어떻게 될까요? 그러면 처음의 문제의식으로 돌아가 보면 됩니다. 약간 질문을 바꿔서 말이죠. '나는 왜 철학과 친해지려고 했는가?' 정도면 되겠습니다. 요컨대 탈레스, 헤라클레이토스, 아낙사고라스, 아낙시만드로스 등등과 같은 이름을 다른 책, 다른 강의, 다른 세미나에서 보고 들었을 때 너무나 생소해서 답답했던 기억이 나에게 '철학과 친해져라'라는 명령을 내린 겁니다. 그런데 철학과 친해지려고 신청한 세미나에서 똑같은 문제를 다시 마주치고 있는 것입니다. 이렇게 '문제의식'은 텍스트에서 이탈하려는 나를 다시 텍스트로 불러들입니다. 다시 말해 이유가 있는 읽기를 할 수 있다는 말이지요.

'입문: 철학사'로 예를 들었기 때문에 텍스트 앞에 앉아 있는 이유가 외부적으로 설정되었습니다. 조금 더 이상적인 상황을 가정해 볼 수도 있습니다. 이를테면, 자주 일어나는 어떤

'충동' 때문에 고민인 사람이 있다고 가정해 보겠습니다. 이 문제 때문에 그는 괴롭습니다. 그러던 어느 날 그 사람이 '욕망을 사유한 철학자 스피노자'를 알게 되었습니다. 그 타이틀만 믿고 『에티카』를 읽기 시작했고요. 당연하게도 그는 『에티카』1부와 2부의 문턱을 넘지 못하고 좌절하게 될 가능성이 매우 높습니다. 그런데, 마음을 단단히 동여매고 '왜 이 사람을 욕망의 철학자라고 부르는지 그 이유를 알아내고 말겠다'는 생각을 하면서 3부, 4부까지 간다면 그는 스피노자가 펼쳐 놓은 욕망의 메커니즘이 어떠한지 보게 될 겁니다. 그러면 다시 1부와 2부로 돌아가서 완전히 형이상학적인 이야기와 그야말로 실제적인 이야기가 어떻게 서로를 지탱하고 있는 것인지 탐구해 볼 수도 있고요. 이 과정 속에서 그가 가진 문제의식은 처음의 '내 욕망을 어떻게 해야 할까?'에서 '내 욕망이 이렇게 움직일 수 있겠다. 그러면 어떻게 이 충동들을 조절할 수 있을까'로 그다음에는 '도대체 이러한 충동들이 어떻게 발생하는가'로 바뀌어 갈 겁니다. 스피노자를 통과한 다음에는 뇌과학으로, 그다음에는 사회학적 분석으로 이어질 수도 있겠죠. 이 과정들을 거친 그는 어떻게 될까요? 모르긴 몰라도 '충동적 행동' 때문에 괴로워하던 이전과는 다른 사람이 되어 있을 겁니다. 따라서 어떤 텍스트를 읽을 때는 내가 거기 앉아 그것을 읽는 그 이유,

세미나를 위한 읽기책

'문제의식'을 계속 상기해 보아야 합니다. 그게 나를 텍스트에 들러붙게 만들기 때문입니다.

잘 설정된 문제의식의 힘

'문제의식을 가지고 읽어야 한다'는 말만큼 자주 듣는 말이 '잘 설정된 문제의식이 있으면 텍스트가 쉬워진다' 또는 '글을 잘 쓸 수 있다'는 말입니다. '잘 설정된 문제의식'이란 도대체 어떤 것일까요? 조금 전의 스피노자를 읽은 사람의 예를 들어보겠습니다. 스피노자를 통해 욕망의 메커니즘이 어떻게 작동하는지 알게 된 그는, 이제 현대 뇌과학에서는 욕망을 어떻게 파악하는지 공부하려고 합니다. 그것은 스피노자를 맨땅에 박치기하듯 읽다가 알게 된 『스피노자의 뇌』라는, 뇌과학자의 입장에서 스피노자의 철학을 설명한 텍스트 덕분에 생겨난 관심이고요. 그는 '스피노자가 구성한 욕망의 사유는 과학적인 관점에서도 설득력이 있을까?'라는 문제의식을 도출해 낸 것입니다. 이 문제의식에 따라 현대 뇌과학을 공부해 나갑니다. 이때도 스피노자와 전혀 상관없어 보이는 뉴런, 신경전달물질 같은 것부터 공부해 나가야 할 겁니다. 그런 중에도 그는 뇌가 하나의 네트워크로 구성되어 있다는 것을 보면서 스피노자의 정동(情動) 이론을 떠올릴 수 있을 것이고, 그게 꼭 맞는지 어떤지 생각하며 공부를 해나갈 겁니다. 그러니까 읽고 있는 그 텍스트가 얼마나 어려운지는 별개로 하고, 그 읽기를 이끌어 가는 동인이 분명한 게 중요합니다. 이때 그의 문제의식이 포괄할 수 있는 내용이 점점 넓어지리라는 것은 자명합니다. 맨 처음 그가 공부를 시작하게 된 계기를 마련해 주었던 문제의식이 이제는 철학을 넘어 신경과학에까지 이르게 된 것이니까요.

요컨대 '문제의식'은 애초에 잘 설정되기가 어렵습니다. '문제'를 정교하게 구성하려면 해당 담론장에 대한 여러 정보, 지식들이 필요하고, 텍스트를 둘러싸고 어떤 문제제기들, 옹호들, 반론들이 있었는지 알아야 하기 때문입니다. 따라서 해당 분야에 대해 읽으면 읽을수록 문제설정을 더욱 정교하게 짤 수 있습니다. 글쓰기는 어떨까요? 당연하게도 잘 짜여진 문제의식이 있으면 글을 쓰기도 훨씬 쉬워집니다. 왜냐하면 그 '문제의식'이 나오기까지 읽어 낸 텍스트의 양도 많을 뿐 아니라, 문제의식을 정교화하는 과정에서 생각한 것도 많을 것이기 때문입니다. 글쓰기의 테크닉적인 문제는 차치하고, 일단 할 말이 많아졌다는 것 자체로도 충분히 고무적인 일입니다.

말하자면 '잘 설정된 문제의식'이란 문제의식을 정교하게

짜 나가는 과정, 그 과정에서 읽어 내는 다양한 텍스트들까지 뒷받침되어야만 설정될 수 있는 것이고, 그게 되고 나면 읽기와 쓰기 모두 전보다는 훨씬 수월해집니다. 철학자들의 작업을 생각해 보면 이해하기가 쉽습니다.

가령 칸트의 경우에 이성주의와 경험주의 사이에서 어떻게 하면 근대적 주체의 인식을 정당화하면서도 도덕을 희생시키지 않을 수 있는가를 물었고, 그와 같은 문제의식에 따라 『순수이성비판』과 『실천이성비판』이라는 불멸의 저작을 남길 수 있었습니다. 그와 같은 칸트의 문제의식은 각 비판서의 머리말과 서설에 잘 나타나 있고요. 그뿐인가요? 들뢰즈 같은 사람은 플라톤 이래로 항상 '초월성'을 향해 정향되어 있는 사유의 흐름을 어떻게 하면 내재적으로 구성할지 고민하다가 '내재적 사유의 계보'를 새롭게 제시하고, 그에 따라 '차이의 철학'이라는 특유의 구상으로까지 나아갑니다.

요컨대 우리가 철학을 공부하는 이유는 철학의 '내용'을 익히는 것을 넘어서 그러한 '내용'에 이르기까지의 과정과 그와 같은 답(내용)을 가능하게 했던 '문제의식'을 익히는 것이기도 합니다. 그리고 둘 중 '더 중요한 것'을 꼽자면 단연 후자이고요. 그런 이유에서 철학 공부는, '칸트: 경험주의와 합리주의를 종합, 코페르니쿠스적 전환' 같은 식의 요약 정리만 가지고 할 수 없습니다. 그러한 해결책에 이르게 된 그의 생각과 구성 방법, 그렇게 할 수밖에 없었던 그의 마음을 이해하고 나아가 어느 정도는 그 사람이 되어 보는 체험적 수준으로까지 가야 하는 겁니다.

재미있는 것은 그렇게 이해한 '문제설정'마저도 변하지 않는 무언가가 아니라는 점입니다. 공부를 하는 것이 궁극적으로는 일종의 '체험'과 같은 것이라면, 텍스트는 읽고 있는 나의 상태에 따라 얼마든지 다른 것이 될 수도 있기 때문입니다. '책임'과 '의무'에 관해 골똘히 고민하던 시기에 읽었던 칸트와, 몸과 마음의 관계에 관해 한참 고민하던 시기에 읽었던 칸트는 같은 칸트이면서도 다른 칸트가 되는 것이죠. 그렇기 때문에 우리가 평생 한 번만 『순수이성비판』을 읽어서는 안 된다는 이야기입니다. 나의 문제와 강렬하게 동조된 적이 있는 텍스트는 때에 따라, 고민에 따라, 나의 문제의식에 따라 어떻게든 다시 만나게 되기 마련이랄까요.

매일매일 뭐든지 읽기

따라서 '문제의식'이 생겨나려면, 그게 더 정교해지려면 꾸준히 많이 읽어야 합니다. 약간 김빠지는 결론이기는 합니다만 어쩔 수 없습니다. 그래서 가장 좋은 것은 '읽기' 자체를 좋아하는 것이죠. 앞에서 말한 것처럼 일상에서 어떤 난관을 맞닥뜨리고 그 문제에 뛰어들기 위해서, 다시 말해 설정된 어떤 목표를 가지고 읽어 갈 수도 있겠지만, 그저 읽다가, 매일매일 읽다가 불현듯 문제의식이 출현할 수도 있습니다. 예를 들어 오르한 파묵의 『하얀성』*을 읽다가 문화충돌 문제를 생각하게 되고, 아시아인이면서 동시에 서구인이 되어 버린 자신의 정체성을 생각하게 되고, 문화가 뒤섞이는 이 사태를 어떻게 봐야 하는지, 나아가 다시금 대두되고 있는 자문화중심주의는 어떻게 바라봐야 하는지 등으로 문제의식이 꼬리에 꼬리를 물고 이어질 수도 있습니다.

그뿐이 아닙니다. 『하얀성』에서 시작된 '문화충돌' 문제가 철학사 공부 중에도 등장할 수 있습니다. 소크라테스라는 인물을 공부하다 보니 이오니아 문화와 헬라스 문화가 충돌하는 광경이 시야에 들어오고, 나중에는 그리스 문명이 로마 문명과

---

* 문명의 교차와 혼합에 천착해 온 튀르키예 작가 오르한 파묵의 소설. 베네치아 출신의 젊은 학자인 '나'가 17세기 지중해에서 노예무역으로 악명을 떨치던 바르바리 해적에게 납치되면서 벌어지는 이야기로, '나'가 오스만 제국에서 노예 생활을 하면서 주인이자 이슬람 문명을 상징하는 호자와 만나면서 자아와 문화가 서로 어떻게 뒤섞이는지 그 안에서 인간은 어떤 변동을 겪을 수밖에 없는지를 잘 보여 주는 작품이다.

충돌하는 장면으로 이어지게 됩니다. 거기에 더해 유대 문명과 로마 문명이 만나는 지점, 유대 문명과 기독교 문명, 이슬람 문명이 분화되는 과정까지 연결에 연결이 이어져 갑니다. 공부를 하면 할수록 끝이 없는 거죠. 이렇게 어쩌다 마주친 문제의식 한 가지가 모두 공부거리가 되고, 묻어 놨던 그 공부거리가 예상하지 못한 곳에 가서 달라붙습니다.

따라서, 이른바 '공부하는 삶'을 원하는 사람이라면 매일매일 읽지 않을 수 없습니다. 왜냐하면 내가 고민하는 문제가 어디에서 어떻게 달라붙을지 읽기 전에는 알 수 없기 때문입니다. 이렇게 하다 보면 '많이' 읽지 않을 수 없게 됩니다. 최소한 매일 무언가를 읽을 수밖에 없게 되는 것이고요. 그 모든 이유를 빼고서라도 읽는 일의 즐거움은 굉장합니다. 상상하지 못했던 세계를 마주치게 되고, 내가 가지고 있다고 믿었던 앎이 한없이 하찮은 것이었다는 걸 깨닫는 그 즐거움을 무엇에 비할까요. '얼마나 많이 읽어야 하는가'라는 질문에 대한 답은 충분히 된 것 같습니다. '되도록 많이, 꾸준히' 읽어야 합니다.

앞에서 들었던 예에서 '플라톤 초기 대화편 읽기'를 한다고 가정하였습니다. 이 경우를 다시 생각해 볼 수 있습니다. 당장 다음 주부터 시작하는 세미나를 준비하는 과정 속에 있다면 모아 놓은 텍스트 전체를 '다' 읽을 수는 없습니다. 그런데,

준비과정 속에서 조금씩 텍스트를 읽다 보면 '더 읽고 싶다'는 기분이 들곤 합니다. 하지만 세미나 준비를 하려면 마냥 거기에 머무를 수 없어서 아쉽죠. 세미나 준비를 모두 마친 다음이라면 어떨까요? 아니면, 세미나 한 시즌이 끝나고 방학을 맞은 다음이라면요? 그럴 때, '더 읽고 싶다'는 기분이 들었던 텍스트를 끝까지 읽어 보는 겁니다. 복습도 되고, 경우에 따라서는 예습도 되고 좋은 점이 아주 많습니다. 게다가 이미 세미나를 마친 다음이니 눈에 들어오고, 배면에 깔린 의미도 더 잘 포착됩니다.

덧달기 3
논리학과 사상사와 사전

말씀드린 것처럼 공부를 처음 시작하거나, 공부를 해나갈 때, '논리학'과 '사상사'를 알고 있으면 많은 도움이 됩니다. 그리고 이 공부들은 꼭 '미리' 해두어야 하는 것도 아닙니다. 공부를 해나가면서 자주 참고하며 익혀 가도 되니까요. 그래서 두고두고 참고할 만한 텍스트가 있으면 좋습니다. 이 텍스트들은 세미나 교재를 읽다가 사상사적인 맥락에서 그 텍스트의 앞과 뒤가 궁금하면 펼쳐서 보는, 논증이 제대로 되고 있는 것인지 아닌지 아리송할 때 열어 볼 수 있는 이를테면 '참고서'에 해당하는 책들입니다. 그리고 또 한 가지는, '신화 사전'인데요, 이건 사실 꼭 필요하다고 할 수는 없지만, '고대 철학'을 공부하는 데 너무나도 유용한 책이어서 소개합니다. 플라톤이나 아리스토텔레스, 스토아주의, 에피쿠로스 학파, 그리스 비극 등을 읽다 보면 '신화'에 대한 예들이 무수하게 나오곤 합니다. 신화의 내용을 줄줄이 꿰고 있으면 좋겠지만, 그러기가 쉽지 않죠. 그럴 때 '신화 사전'이 필요합니다.

　다만 감안해야 할 것은 이런 텍스트들은 처음부터 끝까지 읽고 공부해서 한 번에 다 익힐 수 있는 그런 종류의 것은 아니라는 점입니다. 물론 그렇게 할 수도 있겠지만, 시간도 오래 걸리고, 지금 공부하고 있는 내용으로부터 지나치게 멀어질 위험도 있으니까요. 옆에 두고서 가랑비에 옷 적시듯(?) 두고두고 귀퉁이가 닳을 때까지 참고하면 좋습니다. 물론, '통독'을 해본 후에 그렇게 하는 게 최고로 좋습니다. 아래는 제가 그런 식으로 종종 펼쳐서 참고하는 책들입니다.

사상사

군나르 시르베크·닐스 길리에, 『서양철학사』 1~2권, 윤형식 옮김, 이학사, 2016.

제목 그대로 '서양철학사' 책입니다. 인터넷 서점 등에서 '서양철학사'로 검색을 하면 무수하게 많은 철학사 책들이 검색 결과로 나오곤 합니다. 책으로 출간되어 번역까지 되었다는 점에서 그 중에 훌륭하지 않은 '철학사'는 사실상 없다고 보아도 무방하기는 합니다. 그럼에도 불구하고 각각의 '철학사'들이 가지고 있는 스타일, 관점의 차이는 있다는 점은 고려되어야 합니다. 이 철학사를 추천드리는 이유는 일단 서술 스타일이 '교과서적'이고, 그렇기 때문에 읽기에 평이하다는 장점이 있어서입니다. 그리고 철학사의 고전들로 꼽히는 몇몇 철학사 텍스트들에 비해 현대적인 감각이 잘 살아 있습니다. 일례로, '철학'과는 딱히 상관이 없을 것 같은, 그러나 매우 큰 상관이 있는 '과학혁명'과 '다윈'에 관한 내용이 별도의 장으로 포함되어 있습니다. 또 한 가지 장점을 꼽자면, 각 장의 맨 뒷부분에 있는 '질문'에서 해당 장과 관련된 '철학적 질문'의 예시들을 보여 주는 부분입니다. 각각의 질문 하나하나가 훌륭한 글감이 되기도 합니다. 한 차례 통독을 한 후에 참고서로 활용하셔도 좋고, 도저히 시간이 안 되면 그때그때 필요한 장들을 먼저 읽어 가면서 읽지 못한 부분으로 읽는 영역을 확대해 가도 좋습니다.

야마모토 요시타카, 『과학의 탄생』, 이영기 옮김, 동아시아, 2005
이 책은 굳이 말하자면 '과학사'로 분류될 수 있는 텍스트입니다. 그러나 근대 물리학의 가장 중요한 키워드로서 '힘' 개념이 중세의 마술과 연금술적인 세계관과 연속성을 갖는다는 '주장'을 담은 연구서라는 점에서 이 책은 '객관적이고 평균적인 서술'의 범위를 넘어섭니다. 그리고 그 '주장'을 뒷받침하기 위해 요시타카는 고대 과학에서부터 차근차근 근거들을 찾아냅니다. 저자의 '주장'이 강하게 드러난 텍스트임을 감안하고 보더라도 '과학적 세계관'의 탄생과 뗄 수 없는 관계를 맺고 있는 '근대 철학'을 공부하는 데 있어서 매우 유용한 참고서입니다. 같은 저자의 『16세기 문화혁명』과 함께 읽는다면 '근대적 세계관'의 기초를 이해하는 데 더 나은 참고서를 찾기 힘들 정도로 도움이 됩니다.

이 외에 '정치사상사'나 '예술사' 같은 분야별 '통사'들이 도움이 많이 되기는 합니다. 다만 주의할 것은 '사상사'에 해당하는 텍스트들이 가진 단점을 분명하게 인지하고 있어야 한다는 점입니다. 이 텍스트들은 각 항목들에 대해 간략하게 다룰 수밖에 없는 분량상의 한계를 지니고 있고, 그 때문에 개별 사상들의 독특한 특성들 역시 범상하게 다룰 수밖에 없는 내용상의 한계를 지니고 있습니다. 이 점을 감안하시고, 큰 그림에 대한 대략적인 지도, 지침으로만 활용한다는 마음으로 활용하셔야 합니다.

논리학

김희정·박은진, 『비판적 사고를 위한 논리』, 아카넷, 2008

이 책도 교과서적으로 '논리학'을 공부하는 데 대단히 훌륭한 지침을 제공하는 책입니다. 논리학에서 사용되는 기호들에 대한 설명부터, '비판적 사고'를 위해서 필요한 분석법, 술어 논리의 기초적 이해까지 저는 '기초 논리학'을 공부하는 데 이보다 좋은 책은 아직 보지 못했습니다. 2004년 초판 발행 후에 2008년에 개정판까지 나와 있는 상태입니다. 한 가지 감안해야 할 점은 이 책은 되도록 미리 한 번 읽거나, 따로 공부를 해본 후에 필요에 따라 활용하시는 걸 추천드린다는 점입니다. 왜냐하면 '논리학'에 대한 기초가 전혀 없는 상태에서는 어디를 어떻게 찾아야 찾고자 하는 게 나오는지 알기 어렵기 때문입니다.

신화 사전

피에르 그리말, 『그리스 로마 신화 사전』, 최애리 책임 번역, 열린책들, 2003

저는 보통 '개념어 사전'류의 텍스트들은 경우에 따라서는 읽지 않는 편이 더 낫다고 생각하는 편입니다. 왜냐하면 '개념어'란 특정한 맥락에서 작동하는 것이어서 그 개념만 따로 떼어 놓고 보면 그 개념이 원래 가지고 있었던 독특한 성질들이 사라지고 말기 때문입니다. 이건 사실 어학 사전도 그렇습니다. 우리가 사용하는 단어의 의미들은 실제 대화 속에서, 상황적 맥락 속에서 의미를 발생시키곤 하니까요. 그럼에도 불구하고 '사전'이 갖는 미덕은 분명히 있습니다. 그 말이 가지고 있는 가장 일반적인 용법을 사전이 보여 준다는 것입니다. 만약 그게 '신화 사전'이라면 이 장점은 좀 더 두드러집니다. 왜냐하면 '신화'는 대개 사건들의 연쇄로 이루어져 있고, 그 '사건' 안에는 그 일을 겪는 신과 인간들의 '이야기'가 있기 때문입니다. 그 '이야기'를 모른 채로 "오레이튀아가 보레아스에게 납치되었을 때"* 같은 대목이 나오면 막막합니다. '왜 이런 이야기를 하지' 하는 의문이 들 때 찾아보면서 읽으면 매우 유용합니다. 고대 그리스 철학이나 문화사, 문학 등을 공부할 때 거의 필수로 놓고 보아야 할 정도로요.

다만, 이와 같은 책들을 참고할 때 항상 잊지 말아야 할 것은, 이러한 '교과서'와 '사전'들조차 완전히 '객관적'인 것은 아니라는 점입니다. 무엇이든 글로 쓰여진 것은 어떤 식으로든 서술자의 관점이 개입할 수밖에 없습니다. 그것만 잊지 마시고, 자주자주 찾아보면서 공부해 가면 됩니다.

---

* 플라톤의 대화편 『파이드로스』의 도입부에 등장하는 이야기로, 대화편 내에서 소크라테스는 아무런 맥락없이 자신이 걷고 있는 '일리소스 강변'에서 과거에 있었던 일을 말한다.

분석적 읽기와
비판적 읽기

그래서 어떻게 읽어야 할까? ──사실은 이게 제일 문제입니다. 두껍고 어려운 책을 왜 읽어야 하는지는 알았는데, 어디서부터 어떻게 읽어 가야 하는지가 문제니까요. 일단, 미리 말씀드리자면, 사실 '뾰족한 수'는 없습니다. '공부에는 왕도가 없다'는 말을 요즘은 잘 안 쓰는 것 같은데, 어쨌든 그 말은 몇 안 되는 진리 중 하나입니다. 빨리 갈 수 있는 방법도 쉽게 갈 수 있는 방법도 단언컨대 없습니다. 가장 좋은 건, 마음먹고 뭐든 읽어 봤더니 무슨 말인지는 잘 모르겠지만 의외로 술술 잘 읽혀서 그 길로 계속 가는 겁니다. 그런데 그런 일은 거의, 대부분의 경우 잘 일어나지 않습니다. 어쨌든 그렇다는 걸 미리 말씀드립니다.

그러나 그럼에도 불구하고, 한 가지 꼭 강조해서 말씀드리고 싶은 것은 있습니다. 빨리 갈 수도, 쉽게 갈 수도 없지만, 어쩌면 그렇기 때문에 읽는 것이라는 점입니다. 오히려 쉽게 읽힌다면 그건 뭔가 잘못되고 있다는 뜻일 수도 있기 때문입니다. 무슨 말인가 하면, '쉽다'는 감각은 '익숙하다'는 감각과 크게 다르지 않습니다. '익숙한 것'은 어떤 것일까요? 그것은 우리가 공부를 통해 넘어서려고 했던 것입니다. 그런데 익숙하게 읽힌다면 읽고 있는 책에 문제가 있거나 그걸 읽고 있는 나 자신의 읽는 방식에 무언가 문제가 있다는 뜻입니다. '읽는 방식의 문제'에는 어떤 것들이 있을까요?

읽기의 모델을 바꾸기

현대 문학작품들 중에는 그렇지 않은 것들도 대단히 많지만, 대개 소설은 '허구적 사건의 인과관계에 따른 연속성'이라는 의미에서 내러티브를 가지고 있습니다. 간단하게는 기승전결의 구조를 가지고, 인물들이 등장하여 작가가 구성한 '이야기'를 전개해 가는 방식입니다. 예를 들어 톨스토이의 『안나 카레니나』나 발자크의 『고리오 영감』과 같은 작품들은 소설의 고전적인 형식미가 기가 막히게 구현된 작품입니다. 큰 줄기에서 기승전결이 있고, 작은 세부 단위 안에 작은 기승전결들이 있고, 각각의 사건들이 맞물리면서 큰 이야기의 줄기를 이룹니다. 그들이 어째서 '대'(大)문호인지를 보여 주는 작품이죠. 그래서 그 줄기를 따라서, 작가가 이끄는 대로 가다 보면 마음이 졸아들었다가, 풀렸다가, 사정없이 격동을 느끼다가, 안타깝다가… 그렇게 됩니다. 그래서 그런 작품들은 정말 재미있습니다. 이때 중요한 것은 오히려 '생각'을 그만두어야 한다는 것입니다. 완전히 안나가 되거나, 알렉세이가 되거나, 브론스키가 되거나 고리오가 되거나 소설 속의 화자가 되거나, 그렇게 해서 완전히 '다른 사람'으로 변화해 보는 감각 체험을 하는 것이 그런 작품을 읽는 가장 큰 의미이기도 합니다. 소설가들은 그런 식의 독법을 일부러 유도하기도 하고요. 이 경우 '읽기'는 다른 사람이 된다는 의미에서 '변신'과 크게 다르지 않습니다.

그런데 오늘의 주제가 되는 '인문 고전 텍스트'는 그런 식의 읽기를 허용하지 않습니다. 가장 다른 점은 거의 모든 문장이 '해석'을 요구한다는 점입니다. "모든 경우에 고통과 이에 수반하는 고통으로부터 해방의 경험은 세계와는 너무나 무관하여서 어떤 세계의 대상경험도 포함하지 않는 유일한 감각 경험이다"한나 아렌트, 『정신의 삶: 사유와 의지』, 홍원표 옮김, 푸른숲, 2019 같은 문장이 연쇄적으로 이어집니다. "칼로 인한 고통이나 깃털로 인한 간지럼은 칼이나 깃털의 성질에 대해서 아무런 진술도 하지 못하며, 심지어 그것들이 세계에 존재한다는 사실도 증명하지 못한다"——도대체 이게 무슨 말이고, 나는 어느 박자에 맞춰 스텝을 밟아야 하는 걸까요?

내러티브 읽기에서 분석적 읽기로

앞에 예로 들었던 문장을 기준으로 이야기해 보겠습니다. 이 문장을 그냥 눈으로 읽어서는 의미를 찾아내기가 어렵습니다. 그러다 보면 어떤 일이 일어날까요? 페이지는 넘기고 있는데, 머리는 쉬고 있는 사태가 벌어집니다. 그런 상태를 참으면서 끝까지 가 보는 것도 저는 충분히 의미 있는 일이라고 생각합니다. 이에 관해서는 다음 절에서 좀 더 자세히 이야기해 보겠습니다. 어쨌든, 앞서 예로 든 것과 같은 문장을 만나게 된다면 일단 멈춰야 합니다. 멈춘 후에 문장의 세부를 뜯어서 봐야 하고요.

모든 경우에 고통과 이에 수반하는 고통으로부터 해방의 경험은 세계와는 너무나 무관하여서 어떤 세계의 대상경험도 포함하지 않는 유일한 감각 경험이다.

이 문장을 분해하면

① '모든 경우에 고통과 이 고통에 수반하는 해방의 경험'
이라는 것이 있습니다.

② ①의 경험은 '세계와는 무관'합니다.

③ 따라서 ①의 경험은 '세계의 어떤 대상경험도 포함하지
않는 유일한 감각 경험'입니다.

이를 다시 정리하면,

ⓐ 모든 경우 고통과 이 고통에 수반하는 해방의 경험이
있다.

ⓑ 이 경험은 세계와는 무관하다.

ⓒ 따라서 모든 경우 고통과 이 고통에 수반하는 해방의
경험은 '대상경험'을 포함하지 않는 감각 경험이다.

이렇게 됩니다. 어떤가요? 여전히 주요하게 사용되는 '개
념어'가 해결되지 않았기 때문에 이 문장이 지시하는 '내용'이

분명하게 와닿지는 않습니다. 하지만 그럼에도 불구하고 본문 그대로를 읽을 때에 비해서 분명하게 드러난 점이 한 가지 있습니다. 뭘까요? 이 문장의 논리적 구조가 우리가 익히 알고 있는 3단 논법의 형식을 취하고 있다는 점입니다. 다음 문장을 보겠습니다. 이미 두 번에 걸쳐 분석하는 것을 해보았으니 이번엔 한 번에 문장을 정리해 보겠습니다.

칼로 인한 고통이나 깃털로 인한 간지럼은 칼이나 깃털의 성질에 대해서 아무런 진술도 하지 못하며, 심지어 그것들이 세계에 존재한다는 사실도 증명하지 못한다.

① 칼에 의한 고통, 깃털로 인한 간지럼이 있다.
② 그 감각은 칼과 깃털의 성질과는 무관하다.
③ 따라서 '감각'은 '대상'의 존재를 증명하지 못한다.

뒤따르는 문장의 구조도 마찬가지죠? 그렇습니다. 우리가 익히 알고 있는 3단 논법의 도식은 그 자체로도 꽤 중요한 논리적 방법이지만, 훈련된 철학자들이 글 속에서 자신의 생각을 전개해 나갈 때에도 빈번하게 사용되는 방법이라는 점에서 대단히 중요합니다. 그냥 서술된 문장처럼 보이는 것을 분석해 보면 이렇게 3단 논법의 도식에 따라 작성된 문장이 정말 수도 없이 많습니다. 우리가 '분석'해 보아야 할 것은 바로 이런 것입니다. 이런 경우에 우리는 '문장이 이렇게 저렇게 꼬여 있다'고 말하곤 합니다만, 사실 이건 '꼬인 것'이라기보다는, 그 반대로 굉장히 정련된 논리적 연역체계에 따라 쓰였다고 보는 것이 맞습니다. 요컨대 우리 자신이 그런 연역의 체계에 익숙하지 않기 때문에 '꼬인 것'으로 보이는 것이죠. 그래서 어쨌든, 이런 문장들은 조금 전에 본 것처럼, 멈추고 분석해서 보아야 할 필요가 있습니다. 그렇게 구조를 분명하게 드러낸 다음에야 문장의 의미가 살아날 수 있기 때문입니다.

해석을 요구하는 개념들

우리가 흔히 '철학책' 또는 '철학 원전'이라고 부르는 고전 텍스트들을 한마디로 이야기하면, (여러 가지 정의들이 있을 수 있겠지만) '철학자가 새롭게 창안한 개념과 그 연쇄에 의해 구성된 텍스트'라고 부를 수 있습니다. 이건 어떤 의미에서 보자면, '철학-텍스트'의 '본성'에 관한 정의라기보다는 그 '특징'에 근거한 정의라고 할 수 있겠습니다. 자, '철학-고전-텍스트'의 정의를 설명하면서 저는 이미 '개념어'를 여러 가지 사용했고, 이전에는 '개념어'처럼 보이지 않았던 말을 개념화하였습니다. 사용된 개념은 '본성', '특징'이고, '철학책'을 '철학-텍스트'로 그것을 다시 '철학-고전-텍스트'로 개념화한 것이라 할 수 있습니다. 이때 '본성'은 '그것이 그것일 수 있게끔 하는 내적 성질'이라는 의미이고, '특징'은 '밖에서 볼 때 그것이 기능하면서 드러나는 성질'이라는 의미입니다. 그리고, '철학책, 철학-텍스트, 철학-고전-텍스트'는 어떻습니까? 여러 책들 중에 그저 한 분야의 책이었던 '철학책'이, 하나의 교과서로, 그래서 '공부'라는 능동적 행위를 기다리는 '철학-텍스트'가 되고, 그 중에서 시간의 압력을 견뎌서 굉장히 높은 순도로 결정화된 텍스트들인 '철학-고전-텍스트'가 되었습니다. 요컨대 '개념화'라고 하는 것은 이전에도 있었고 지금도 있는 어떤 현상을 원리적인 차원에서 포착해 낸 것입니다. 가령, 우리는 생물학적 개념으로는 '사람' 또는 '인간'이지만, 사회학적 차원에서는 '사회구성원' 또는 '개인'이고, 근대 철학적인 의미에서는 '주체' 또는 '이성적 존재자'입니다. 이렇게 무엇에 대하여, 어떤 개념을 구사하느냐에 따라서, 그 '대상'이 드러내는 바가 달라집니다.

'해석'이 개입해야 하는 것이 바로 이 지점입니다. 이 글을 쓰는 사람이 지금, 무엇을 드러내고 싶어 하는지, 그걸 알아차리는 것이라고 할 수 있습니다. 동시에, 그 말 속에 접혀져 있는 어떤 층위들을 분해해 보는 작업이기도 합니다. 그 층위란 역사적인 것일 수도 있고, 사회문화적인 것일 수도 있습니다. 예를 들어 데카르트가 '신'을 이야기할 때, 그 '신'은 스콜라철학자들의 '신'와 그렇게까지 다르지 않은 '신'인 데 반해 스피노자가 '신'을 말할 때 이 '신'은 데카르트의 '신'과는 완전히 다른 함의를 가지고 있습니다.

이번에도 예문을 먼저 보겠습니다.

자기 원인이란, 그것의 본질이 존재를 포함하는 것, 또는 그것의 본성이, 존재를 제외하고는 생각될 수 없는 것이라고 나는 이해한다. (중략)

실체란, 그 자체 안에 있으며 그 자체에 의하여 파악되는 것, 즉, 그것의 개념을 형성하기 위하여 다른 것의 개념을 필요로 하지 않는 것이라고 나는 이해한다. (중략)

신이란, 절대적으로 무한한 존재, 즉 제각각 영원하고도 무한한 본질을 표현하는 무한한 속성들로 이루어져 있는 실체라고 나는 이해한다.

자, 여기서 '자기원인', '실체', '신'으로 말해지고 있는 그

것은 모두 같은 것입니다. '신'입니다. 이 인용문은 스피노자의
『에티카』의 1부, 맨 앞의 '정의'에 나오는 문장들입니다. 1부의
제목은 '신에 대하여'이고요. 의미심장합니다. 데카르트가 펼
쳐 놓은 17세기적 지형 아래에서 사유했던 스피노자가, 자신
의 가장 중요한 저작의 첫머리에서부터 '신'을 새롭게 정의하
며 나가고 있는 것이니까요. 스피노자의 '신'이란 무엇입니까?
그 성질들을 위의 문장을 통해 정리해 보면 아래와 같습니다.

① 신의 본질 안에 존재함이 포함되어 있다. 본성상 존재
한다.

② 신은 자기 자신 안에 있고, 자신에 의해 파악된다.

③ 신은 자신의 개념을 형성하기 위해 자기 밖의 개념을
끌어들일 필요가 없다.

④ 신은 자신의 무한한 본질을 표현하는 무한한 속성으로
이루어져 있다.

신에 대한 이러한 관점은 당대 기준으로 굉장히 도발적인
주장입니다. 왜냐하면, 이 정의 안에서 '신'은 '인격'이 없고, '자
유의지'를 상실하기 때문입니다. 나아가 그런 '신'은 '인간'을
처벌할 수도 없습니다. '처벌'이 가능하려면 '인격'이 있어야 하

고, '인격'이 있다면 '호불호'가 있어야 하기 때문입니다. 요컨대 스피노자는, 이 세계와 별개로 존재하는 인격신이 있는 것이 아니고, 이 세계 자체가 신이자 실체라는 주장을 한 것입니다. 여전히 신학적 세계관이 가장 중요한 가치척도 중에 하나였던 17세기 당대에 이와 같은 주장을 한다는 것은 사실상 목숨을 내놓고 하는 것이나 다름없었습니다. 데카르트가 '나는 생각한다. 고로 존재한다'라는 명제를 통해 인간 주체성을 주장하면서도, 그 주체성의 보증자로 인격적 '신'의 존재를 확고하게 유지했던 것과는 다르게, 스피노자는 현대의 기준으로도 매우 급진적으로 읽히는 주장을 하고 있는 셈입니다.

이렇게, '해석적인 읽기'를 하려면, 스피노자를 읽을 때, 그가 자신의 철학을 가지고 무엇과 대결하려고 하는지를 알아야 합니다. '분석적인 읽기'가 텍스트 내부의 논리적인 구조에 집중하는 것이라고 한다면 '해석적 읽기'는 텍스트 바깥과 텍스트 내부를 오가면서 해당 철학자의 핵심적인 '개념'이 어떤 함축을 가지고 있는지 해독하는 작업이라고 할 수 있습니다. 이쯤에서 우리가 처음 이야기한 '왜 읽는가'의 문제를 다시 상기해 볼 필요가 있습니다. 다른 것 다 빼고, '왜 읽는가'에 답한다면 그것은 '반응적인 것을 넘어서, 비로소 생각하기'라고 말할 수 있습니다. 이 의미에 비춰 보자면, '해석적 읽기'가 가장 중요한 것이라는 걸 알 수 있습니다. 요컨대, '해석'을 통해 우리는 그 철학자가 '어떻게 넘어서고 있는지'를 읽어 내는 것입니다. 그러자면 아직 이야기하지 않은 한 가지 읽기의 모델이 더 필요합니다.

반복해서 '보기'

앞서 말한 '개념분석-해석'의 읽기 방법은 텍스트의 세부를 깊게 파고드는 방법입니다. 이렇게만 읽을 경우에 자칫 세부 내용에만 사로잡힐 위험이 있습니다. 이 장 맨 앞에서 '내러티브를 따라가는 읽기'에 관해 이야기를 했는데요. 인문학 텍스트들의 경우에도 물론 내러티브가 있습니다만, 그건 소설의 내러티브와는 다른 것입니다. 『에티카』의 예를 더 들어서 이야기해 보겠습니다. 아래는 『에티카』의 목차입니다.

1부 신에 대하여

2부 정신의 본성 및 기원에 대하여

3부 감정의 기원과 본성에 대하여

4부 인간의 예속 및 감정의 힘에 대하여

5부 지성의 능력 또는 인간의 자유에 대하여

베네딕투스 데 스피노자, 『에티카』, 황태연 옮김, 비홍, 2014

『에티카』의 이와 같은 목차는 이 텍스트가 가지고 있는 내 러티브를 잘 보여 줍니다. 간단히 말해 스피노자가 『에티카』를 통해 무얼 말하고 싶은지, 그리고 그 목표를 향해 어떤 경로를 거쳐 갈 것인지를 보여 주는 것입니다. 앞서 말한 스피노자적 의미에서 '신'이 어떤 의미인지 상기해 본다면 1부는 이른바 세계가 어떻게 이렇게 있게 되었는지를 설명하는 '존재론'에 해당하고, 2부에서 4부까지는 그 세계 안의 인간의 인식 능력 과 실존적 조건들을 설명하는 부분입니다. 마지막 5부에서는 인간이 그러한 조건들 속에서 어떻게 자유로워질 수 있는지를 밝힙니다. 이를 통해 우리는 『에티카』는 인간이 어떻게 하면 자유로운 존재로 살 수 있는지를 탐구하는 책이라는 걸 알 수 있습니다. 물론 『에티카』의 세부 내용들은 이렇게 간단하게 정 리되지는 않습니다. 앞에서 본 것처럼 텍스트의 심층에는 보다 복잡하고 개념적 의미들이 층층이 쌓인 정교한 논의들이 있습 니다. 그러나 그럼에도 『에티카』를 보다 넓은 시야에서 본다면 그 모든 어려운 이야기들이 '자유'를 향해 모이고 있다는 걸 알 수 있습니다. 이러한 넓은 시야를 잃게 되면 세부 항목들에서 스피노자가 왜 그런 이야기들을 그렇게 애써 하고 있는지를 알 수 없게 되고 맙니다. 따라서, 이 '넓은 시야'를 끝까지 유지할 필요가 있습니다.

그러자면, 틈날 때마다 반복해서 봐야 할 필요가 있습니다. 처음부터 지금 읽은 부분까지를 말이죠. 그리고 이때는 읽는 게 아니라 '보는' 것입니다. 읽는 건 물리적인 시간도 안 되고, 매번 그렇게 할 수 없습니다. 그런데 보는 것 정도는 할 수 있습니다. '목차'를 보고, 지금까지 읽어 본 부분을 '보고', 앞으로 읽어 갈 부분을 미리 '봐' 두는 것입니다. 그래야, 그렇게 본 것들 속에서 지금 읽는 부분이 어디쯤이고, '전체' 속에서 그 부분이 어떤 의미를 지니고 있는 것인지를 놓치지 않고 앞으로 갈 수 있습니다. 왜 그렇게 해야 할까요? 전체 속에서 세부의 위상과 의미를 파악하는 것, 그게 '해석'의 출발점이기 때문입니다.

결국 어떤 텍스트를 '잘 읽는다'는 것은 이렇게, 세부 내용을 꼼꼼하게 파악하고 그것을 텍스트의 전체 맥락에서 이해하는 것이라고 할 수 있습니다. 당연하게도 이렇게 읽는 것은 쉽지 않습니다. 그러나 오히려 쉽지 않기 때문에 그걸 하는 건 아닐까요?

비판적 읽기를 넘어서

'어떻게 글을 읽어야 할까요?'라는 질문에 대한 대답으로 흔히 '비판적 독서'를 이야기하곤 합니다. 먼저 '비판'(critic)이라는 말이 무슨 뜻인지부터 알아보겠습니다. 일반적인 의미에서 '비판'은 '어떤 의견에 대해 동의하지 않음을 표현'하는 뜻으로 쓰이는 듯합니다. 그것은 또한 '의견'에 '대한' 것에 머무르지 않고 그 의견을 주장하는 '사람'에 대한 '반대'라는 의미로도 사용되고요. 이러한 의미를 따라가다 보면 종국에 가서는 '비판'인지 '비난'인지 모를 지경이 되고 맙니다. 그래서 비판(난) 받는 쪽에서는 '비판은 수용하지만 비난은 수용할 수 없습니다' 같은 말을 하고 맙니다. 그렇다면, '비판'은 '비난'과 어떻게 다른 것일까요? 솔직히 저는 일상적인 용법상에서는 큰 차이가 없다고 생각합니다만, 그럼에도 불구하고 그 둘을 구분해 보자면, '근거'의 유무가 결정적이라고 생각합니다. 요컨대 '비난'에는 딱히 근거가 없는 경우가 많습니다. 그런데 오히려 그렇기 때문에 '반론'에 더 강할 수도 있습니다. '몰라, 그게 뭔데, 니가 나빠!' 해버리면 도리가 없으니까요. 어쨌든, 그래서 '비판'에서 가장 중요한 것은 '근거'입니다. 어떤 주장에 어떤 논리적, 사실적, 권리적 결함이 있는지 '근거'를 제시하며 반론을 제기하는 것, 아마도 그게 '비판'일 겁니다. 그렇기 때문에 '너의 의견은 틀렸어'라든가, '그 주장은 마음에 안 들어'라고 하는 것은 '비판'이 아닙니다. '비난'이죠.

'비판'의 의미를 그렇게 정리하고 나면 '비판적 읽기'의 의미도 대략 생각해 볼 수 있게 되는 것 같습니다. '비판'이 근거를 가지고 반론을 제기하는 것이라면 '비판적으로 읽는 것'은 어떤 글의 논리, 사실관계 등에 결함은 없는지 따져 보고, 그렇게 찾아낸 결함을 근거로 나의 주장을 정립하는 읽기라고 할 수 있겠습니다. 흡수(독해)와 생성(정립)이 동시에 일어나는 읽기라고 할 수 있겠군요! 이게 잘되면 정말 좋을 겁니다. 문제는 잘 안 된다는 데 있죠.

'비판적 읽기'는 어떻게 좌초하는가

'비판적 읽기'는 앞서 말한 것처럼 여러 능력들을 요구합니다. 직관적으로 사실관계를 파악할 수 있는 폭넓은 상식, 논리적 문제를 따져 볼 수 있는 추론능력, 그로부터 반론을 생각해 낼 수 있는 창의력까지 미리 가지고 있어야 할 것들이 꽤 많습니다. 그뿐인가요. 그런 역량들이 높은 수준으로 필요하기까지

합니다.

　그러면 그런 역량들이 부족하면 '비판적 읽기'를 할 수 없는 걸까요? 물론 그렇지 않습니다. 하지 않으면 늘지 않으니까요. 이 이야기는 뒤에 자세히 하도록 하겠습니다. 어쨌든, 그렇기 때문에 섣부르게 '비판적 읽기'를 하겠다 하면 어떻게 될까요? 눈에 불을 켜고 텍스트의 '단점'들만 찾게 됩니다. 요컨대 '나쁜 것'에만 집중하게 된다는 말이죠. 물론 이것도 방법적인 측면에서는 필요한 일입니다. 그렇게 읽어야만 하는 경우도 분명히 있기 때문이죠. 그런데 처음부터 그렇게 접근해서는 텍스트에서 긍정적인 무언가를 끌어내기가 어렵습니다. '나쁜 것'만 보려고 애를 쓰면 어떻게 될까요? '나쁜 것'을 '잘' 찾아내면 그건 그것대로 의미가 있겠지만, 안타깝게도 그런 경우는 잘 없습니다. 그래서 의미 없는 말꼬리 잡기를 하거나, 전체 논지에는 별다른 영향이 없는 사실관계 오류만을 찾아낼 뿐입니다. 이 과정 속에서 텍스트는 본래 자신의 크기보다 훨씬 작아집니다. 텍스트를 왜소하게 만드는 것이죠. 그렇게 정작 텍스트가 말하고 싶어 하는 것은 제대로 듣지 못하는 상태가 됩니다.

　다른 모든 걸 떠나서 이런 태도로는 읽기에서 즐거움을 얻을 수가 없습니다. 오히려 읽으면 읽을수록 기분이 안 좋아질 수도 있습니다. '나쁜 것'만을 눈에 불을 켜고 찾는데 좋은 정서가 일어날 리가 없죠. 그래서 어느 쪽이든 극단적인 것은 좋지 않지만, 그럼에도 이렇게 읽을 바에는 무조건적인 수용의 태도가 차라리 낫다고 저는 생각합니다. 그건 뭔가를 알게 된다는 기쁨만은 가질 수 있을 테니까요.

그럼에도 '비판적 읽기'가 필요한 이유

이렇게만 말하고 나면 '비판적 읽기'를 해서는 안 되는 것 같지만 그건 아닙니다. 오히려 제대로만 된다면 '비판적 읽기'야말로 읽기의 완성형이기 때문입니다. 그래서 '비판'이 어떤 의미인지 다시 생각해 봐야 합니다. 흔히 '비판'으로 번역되는 'critic'은 '분할하다'는 뜻을 가지고 있는 그리스어 krinein이 어원입니다. 재미있는 것은 krinein이 위기를 뜻하는 영어 crisis의 어원이기도 하다는 점입니다. '분할'과 '위기'라니 재미있지 않습니까? 이런 의미들을 통해 '비판'의 뜻을 다시 생각해 볼 수 있습니다.

'분할'은 텍스트를 작은 단위까지 나누는 겁니다. 장에서 절로, 절에서 문단으로, 문단에서 문장으로 말이죠. 이 나눔은 후에 다시 이야기하겠지만, 굉장히 중요한 의미가 있습니다.

텍스트를 '읽는다'는 것은 합쳐진 텍스트를 의미단위로 나누고 머릿속에서 다시 재조합하는 것이기 때문입니다. 따라서 이렇게 나눈 작은 단위들에서 오류가 일어나거나, 어떤 한계가 발견된다면 분할된 텍스트들을 재조합할 때 그러한 오류와 한계는 고스란히 문제로 남게 됩니다. 그게 바로 우리가 '의문'이라고 부르는 것이고요. 따라서 텍스트를 작은 단위로 분할하는 것은 텍스트의 세부적인 내용들을 점검하는 것이고 텍스트를 시험하는 것과 같습니다. 여기서 사실관계, 논리적 관계 등을 따져 볼 수 있는 것이죠. 그렇게 발견된 한계와 오류는 텍스트를 '위기'에 빠뜨립니다. '비판적 읽기'란 이 '위기'들을 찾아내어 의미화하는 작업이고요. 이때 중요한 것은 '한계와 오류'를 찾아내는 것 그 자체가 아니라 그것들의 맥락을 파악하는 것입니다. "여기 오류 있다"라고 지적하는 것은 사실 아무런 의미가 없습니다. 오히려 어째서 그런 오류가 일어난 것인지, 그것이 진짜 오류인지, 또 오류라면 그 자체로 어떤 의미를 가지고 있는 것은 아닌지 같은 것들이 의미가 있죠.

이 시대는 또한 이성에 대해, 이성이 하는 업무들 중에서도 가장 어려운 것인 자기 인식의 일에 새로이 착수하고, 하나의 법정을 설치하여, 정당한 주장을 펴는 이성은 보호하고,

반면에 근거 없는 모든 월권에 대해서는 강권적 명령에 의해서가 아니라 이성의 영구불변적인 법칙에 의거해 거절할 수 있을 것을 요구한다. 이 법정이 다름 아닌 순수 이성 비판 바로 그것이다. 임마누엘 칸트, 「A판의 머리말」, 『순수이성비판』 1, 백종현 옮김, 아카넷, 2006, 168쪽

가령 이 글에서 칸트는, 태어날 때부터 본유적으로 가지고 있는 이성의 능력으로 모든 것을 알 수 있다고 말하는 독단론적 이성주의와 우리가 법칙적으로 파악할 수 있는 것은 없고 이른바 '법칙'이라고 부르는 것은 사실은 사고의 습관에 불과하다고 주장하는 회의론적 경험주의의 사이에서 '이성'의 한계와 능력을 밝혀내겠다고 말합니다. 다시 말해 그는 '비판' 속에서 이성주의와 경험주의의 한계와 오류를 밝히고, 그들이 무조건적으로 수용하거나 거부하는 인간의 정신능력으로서 '이성'을 따져 봄(비판)으로써 그것을 정확하게 사용할 수 있는 범위와 한계를 설정하겠다는 것이지요. 칸트는 이와 같은 '비판'을 통해 이전의 철학이 모이고, 이후의 철학들로 갈라져 나가는 거대한 체계를 세웁니다. 이를 통해 알 수 있는 것은 '비판'이 다름 아니라 문제를 설정하는 작업이라는 점입니다. 이는 '읽는 이'로서 우리 자신에게도 마찬가지입니다. '비판적 읽기'

를 한다는 것은 결국 '질문'을 구성한다는 말인 셈이죠. 그러자면, 칸트의 예에서처럼 담론사적인 맥락에 대한 이해가 필요합니다. 그래야 하고자 하는 '시험'이 제대로 될 수 있으니까요. 그렇지 않고서는 '비판'이 엉뚱한 방향으로 흐르게 됩니다.

예를 들어 철학자 하이데거가 "언어는 존재의 집이다"라는 말을 했습니다. 그런데 진짜 '존재'라는 게 '언어'라는 '집'에 살까요? 그럴 리가 없습니다. 이것은 문법적 오류이자 사실관계의 오류이지만 '의미'가 있는 말입니다. 왜냐하면 하이데거가 보기에 우리가 일상적으로 사용하는 언어 안에 이미 '있음'이라는 존재가 깃들어 있으니까요. 가령 '산에 토끼가 산다'라는 말을 한다고 하면 그 안에 산의 있음, 토끼의 있음, 삶의 있음이 모두 들어가 있습니다. 일상어의 배면에 잠든 '존재'가 거기에 살고 있는 겁니다. 이렇게 되면 단순히 문법적인 오류, 사실관계상의 오류로 보였던 '언어는 존재의 집'이라는 문장의 의미가 다르게 다가옵니다. 흔히 생각하는 '비판', 다시 말해 그 주장을 논박하는 '비판'은 오히려 여기서부터 출발하는 겁니다. 이를테면 '그렇게 언어 속에서 존재를 찾는 작업이 실질적으로 삶에 어떤 영향을 주는가'라거나, '그러면 존재는 be동사가 있는 언어 속에만 있는가' 같은 비판을 해볼 수 있는 겁니다. 요컨대 '비판적 읽기'는 '이해'를 전제하고 있습니다. 텍스

트 안의 말들이 놓여 있는 맥락을 이해해야만 텍스트의 '읽기'
를 불러올 수 있는 겁니다.

어떻게 '이해'할 수 있을까?

'읽기'를 이야기할 때 늘 함께 말해지는 문제는 '이해'의 문제입
니다. 세미나를 할 때도 늘 그렇고요. 이 문제는 '읽기는 읽었는
데 이해는 잘 안 된다'로 요약할 수 있습니다. 그러면 '이해'를
잘하려면 어떻게 해야 할까요? 이 물음에 대한 답은 사실 너무
뻔해서 다시금 이야기하는 게 새삼스럽습니다. 요컨대 잘 이해
하기 위해서는 결국 많이 알아야만 합니다. 그러면 많이 알고
있으려면 어떻게 해야 할까요? 많이 읽을 수밖에 없습니다. 이
렇게 하나의 순환이 생겨납니다. 잘 이해하려면 많이 읽어야
하고, 읽은 것을 이해하려면 또 많이 읽어야 하는 겁니다. 결국
이 문제는 해결할 수 없는 문제인 걸까요? 그렇지 않습니다.
오히려 이 순환에 올라타야 합니다. 읽고, 이해 못하고, 또 읽
고, 이해 못하고… '이해 못함'이라고 했지만, 순도 100%의 이
해가 없는 것처럼, 순도 100%의 몰이해도 없습니다. 이해하지
못하는 가운데서도 조금씩 이해가 쌓여 가게 마련입니다. 이해

하지 못해 답답한 상황을 견디는 수밖에 없습니다. 다만 관점을 약간 바꿔 조금씩 쌓여 가는 앎을 의식해 볼 필요는 있습니다. 그게 실패 속에서도 계속 읽어 갈 수 있는 힘을 주니까요.

그래서 공부하는 사람이 마주치는 최대의 적은 어디 다른 데 있는 것이 아니라 내 안에 있는 조바심일지도 모릅니다. 이건 달리 말하면 자의식이라고 말할 수도 있을 겁니다. 사실 텍스트가 이해되지 않아서 힘든 것보다, 모임 전까지 뭐라도 써서 가야 하고, 모임에서 무슨 이야기라도 해야 하는데, 자신이 없어서 그런 경우가 훨씬 많기 때문입니다. 또, 한 번에 척하고 장악이 되면 좋겠는데, 잘 되지 않고, 두 번, 세 번 해도 잘 되지 않으니까 절망적인 기분이 들기도 하고요. 그럴 때, 필요한 것은 일단 솔직해지는 것이고 두번째는 우회로를 찾는 것입니다. 솔직하게 내 능력이 이 수준이라는 걸 인정해야 '가벼운 마음'으로 텍스트에 몇 번이고 달려들 수 있습니다. 그리고 정말 안 될 때는 시중에 나와 있는 다양한 형태의 '해설서'를 읽어 보는 것도 도움이 됩니다. '해설서'를 두세 종 정도 반복적으로 읽다 보면 자연스럽게 해설서가 해설하는 원전이 담론 체계의 어디쯤에 위치해 있는지, 그 철학자를 사유하게끔 하는 중심 문제가 무엇인지 하는 것들에 익숙해지게 마련이니까요. 그런 지식들을 가지고 있는 상태에서 다시 원전으로 돌아간다면 전보다 한결 수월하게 이해의 정도를 높여 갈 수 있습니다. 이때 읽기는 '비판적 읽기'와 일견 반대되는 것처럼 보이는 '수용적 읽기'를 지향합니다. 이건 별다른 게 아닙니다. 텍스트의 내용을 최대한 많이 흡수하겠다는 태도를 말하는 것이니까요. 필자의 주장의 요지가 무엇인지 주장을 통해 궁극적으로 말하려고 하는 바가 무엇인지 '이해'하는 것입니다.

해설서와 원전을 오가며 그렇게 공부를 하다 보면 또 무슨 일이 벌어질까요? 초보적으로나마 '해설서'의 '해설'을 평가할 수 있게 됩니다. 이 해설은 어느 부분이 부족하달지, 어떤 강점이 있달지, 이 해설과 저 해설의 차이는 어떻달지 같은 식으로 한 권의 원전을 둘러싼 담론의 지형이 눈에 들어오기 시작하는 것이죠. 그러면, 지금까지 내가 읽어 본 '해설'들과는 다른 강점을 갖는 해설을 내가 직접 써 볼 수도 있습니다. 그렇게 비판과 수용은 별개의 것들이 아닙니다. 사실 한 몸처럼 붙어 있는 것들이죠.

*

이렇게 정리해 볼 수 있습니다. 비판적으로 읽으려면 이해해야 한다. 이해하려면 수용해야 한다. 수용해야 비판할 수 있다고 말입니다. 이렇게 놓고 보면 '비판'이 사실은 '이해'와 다르지 않다는 것을 알게 됩니다. 비판적 읽기를 넘어서자고 했지만, 사실 '넘어섬'의 의미는 그 속의 '수용적 읽기'를 제대로 의식하자는 말이었습니다. 그런 점에서 보자면 '읽는 이'는 일인다역을 하는 배우가 될 필요가 있습니다. '수용'을 연기하다가 '비판'을 연기하고 다시 그 반대를 하기도 하고, 둘 사이를 중재하는 제3의 역할을 할 수도 있는 것입니다. 저는 지금보다 '더 나은 사람'이 되는 최선의 방법은 '다른 사람'이 되어 보는 일이라고 생각합니다. 그리고, '읽기' 속에서 우리는 수차례 '다른 사람-되기'를 해볼 수 있습니다. 그렇게 읽기는 하나의 '수행'이 됩니다.

덧달기 4
'해설서'를 적극 활용하세요

저는 세미나를 하면서 "세미나 교재가 너무 이해가 잘돼요", "하나도 어렵지가 않고 재미만 있어요"라는 말을 들어 본 적이 없습니다. "하나도 모르겠어요", "자괴감이 들어요", "너무 어려워요" 같은 말들은 거의 매주 듣습니다. 이건 당연합니다. 이해가 너무 잘되고, 어렵지가 않으면 '공부'를 할 만한 것이 아닌 것이죠. 저는 '공부'를 '일부러 구하는 어려움'이라고 정의하곤 합니다. 잘되지 않으니까 어렵고, 어려운 것을 잘되게 하려고 '일부러' 하는 것이니까요. 따라서 쉽다면, 재미만 있다면 그건 '공부'가 아닐지도 모릅니다. 그런데 그런 와중에 조금 놀라운 것은 그렇게 어렵고 힘들다고 이야기를 하면서도 세미나 교재만 딱 한 번 읽어 오는 경우입니다. 이 경우는 뭐라고 해야 할까요. '가짜 어려움'이라고 해야 할까요? 그렇게 하면 어렵지 않은 게 오히려 이상한 것이라고 해야 할 겁니다.

　게다가 세미나에서 주로 읽는 책들—'교재'라고 하겠습니다 —'교재'들은 대개 두껍고, 오래 전에 쓰여진 고전들인 경우가 많습니다. 그래서, 그것만 읽어서는 무조건 '이런 이야기를 왜 하는 거지'라는 질문에 부딪힐 수밖에 없습니다. 우리가 지금 읽고 있는 '교재'가 세상에 처음 나올 당시에는 매우 현실적이었던 것이, 길게는 수천 년 짧게는 수십 년이 지난 현재에는 단번에 '현실적인 것'으로 읽혀질 수 없기 때문입니다. 따라서 '왜 이런 이야기를 하는가' 하는 질문에 답하지 않고서는 도저히 이 책을 읽고 있는 '이유'를 알 수 없게 됩니다. 왜 그런 말을 하는지 '이유'를 모른 채로 그 이야기를 계속 듣고 있을 수는 없습니다. 다음 수순은 정해져 있습니다. 텍스트와 아무런 공감대도 형성할 수 없고, 사람들이 하는 이야기는 무슨 말인지 잘 모르겠으며, 나만 그런가 싶어서 자괴감이 느껴지고요. 세미나엔 점점 나가기가 싫어집니다. 그리고 그렇게 세미나를 그만두게 되지요.

　그래서 세미나를 한다고 할 때, 그리고 그 세미나에서 공부하는 주제에 대해서 내가 아는 게 별로 없을 때는 '교재'만 보아서는 안 됩니다. 해당 고전에 관한 해설서, 고전을 쓴 사람에 관한 전기, 동시대를 배경으로 하는 고전 문학작품 등

도움을 받을 수 있는 여러 텍스트들을 참고하는 게 가장 좋습니다. 물론 앞서 말한 것처럼 이 모든 것을 다 읽을 수는 없습니다. 그럼에도 불구하고, '해설서' 한 권 정도는 세미나가 시작되기 전에 미리 통독을 하고, 세미나 진도에 맞춰 가며 의문이 날 때마다 찾아보는 게 좋습니다. 그래야 최소한의 '흥미'를 잃지 않고 진도를 쫓아갈 수 있습니다.

그리고 만약 세미나가 참여한 사람들이 미리 제출한 '질문'을 중심으로 진행된다면 나의 '질문'을 구성하는 데에도, 그러니까 '숙제'를 해갈 때에도 도움을 받을 수 있습니다. 왜냐하면 '해설서'는 주로 해설하고 있는 그 '원전'을 중심으로 논의되고 있는 주요 논점들을 소개하기 때문입니다. '주요 논점'을 미리 안다면, 그 '논점'을 제기하는 연구자들의 질문을 모방하면서 나의 질문을 구성해 볼 수 있습니다. 이와 같은 모방을 거듭하다 보면 어느 시점에서는 나만의 독창적인 질문, 즉 나만의 논점을 제기해 볼 수도 있을 겁니다.

여러 차례 이야기를 하겠지만, 그렇게 나 스스로 질문을 제기할 줄 알아야 공부에 '의미'가 생깁니다. 왜냐하면 우리가 하는 공부라는 게 어딘가의 누군가가 만들어 놓은 어떤 지식을 '습득'하는 종류의 공부가 아니기 때문입니다. 흔히 '인문학' 공부를 하면 '스스로 생각하는 힘'이 길러진다고들 합니다. 그렇게 자신의 '질문'을 구성해 내는 역량이 아마도 '스스로 생각하는 힘'의 핵심이 아닐까 싶습니다. 그런 '힘'이 있어야 타성적으로 흘러가는 나의 삶에 대해서도, 매번 동일한 패턴을 반복하는 나 자신에 대해서도 질문할 수 있으니까요. 원전만 열심히, 외울 만큼 열심히 읽을 수 있다면 그 과정을 통해서도 그러한 '힘'이 당연히 생길 수 있습니다. 다만, 많이 힘들고, 오래 걸리고, 처음에는 지나치게 막연합니다. '해설서'들이 있는 건 그 때문입니다. 모든 사람들이 그 시간을 견딜 수 있는 것은 아니니까요.

그러면 어떤 해설서를 골라야 할까요? 이건 조금 어려운 문제입니다. 왜냐하면, 철학 원전을 예로 들었을 때 어떤 원전은 여러 종의 해설서가 있어서 그 중에 하나를 고르기가 어렵고, 또 어떤 원전은 아예 해설서가 없는 경우도 있으니까요. 그렇게 원전에 따라 해설서의 종수에 편차가 존재합니다.

해설서가 없는 경우에는 어떻게 해야 할까요? 제가 추천드리는 건 KCI한국학술지인용색인(www.kci.go.kr) 같은 논문 사이트를 활용하는 방법입니다. 국내에 출간된 학술 논문 대부분을 검색할 수 있는데요. 아무리 해설서가 없는 철학자라고 하더라도 관련된 논문은 있을 가능성이 있습니다. 철학자 이름으로 검색을 해보고 관련 논문들을 찾아서 읽어 보면 의외로 큰 도움을 받을 가능성이 높습니다. 그렇지만 학술논문이기 때문에 애초에 '해설'을 목표로 쓰여진 '해설서'보다는 조금 어려울 수 있다는 점은 감안해야 합니다.

만약 이미 출간된 해설서가 많은 경우라면 몇 가지 원칙을 적용해 볼 수 있습니다. 여러 종의 해설서들 중에서 그 원전을 공부하는 사람들에게 많이 회자되는, 그러니까 검증된 해설서가 있다면 그걸 구입해 보면 되겠지만, 그런 게 없다면 해당 분야의 책을 꾸준히 출간해 온 출판사에서 나온, 되도록 최근에 출간된 텍스트를 고르면 됩니다. 만약 저자가 해당 원전의 전공자라면 더할 나위 없이 좋습니다. 저자나 역자 이름으로 검색해서, 그 분야의 텍스트나 논문을 출간한 경험이 있는지를 살펴보는 것도 좋은 방법이 될 수 있을 겁니다. 물론, 그런 와중에 내가 읽기에는 너무 어렵거나, 나와 잘 안 맞는 해설서와 만나게 될 가능성도 물론 있습니다. 그렇지만, 저는 이 과정 자체가 하나의 공부라는 생각도 합니다. 차곡차곡 쌓인 이러한 경험이 나중에는 책을 보는 안목이 되니까요.

'해설서'와 '참고 텍스트'는 일단 이렇습니다. 이런 것들과는 별개로 주요하게 참고해 볼 만한 텍스트가 한 종류 더 있습니다. 바로 '전기'인데요. '전기'는 사실 필수적으로 읽어야 할 텍스트라고는 보기 어렵습니다. 철학자들의 경우에 본인의 실제 삶과 사상 사이의 연관을 그다지 찾아보기 힘든 경우도 있고, 그의 삶이 이런저런 일화들로 구성되어 있다고 해서 그의 사상이 그와 같은 모습으로 되었다고 해석하는 것도 썩 좋은 일은 아니기 때문입니다. 그런 식으로 해석할 경우 철학자의 삶과 사상 모두 범상한 결정론이 될 위험이 있으니까요. 그러나 그럼에도 불구하고 사상가의 '전기'가 유용한 이유는 그가 살아간 '시대'의 독특한 분위기, 그가 부딪힐 수밖에 없었던 당대의 문제들과 그에 대한 그의 고민 등을 알 수 있기 때문입니다. 그와 같은 이야기들을 꼭 전기를 통해 흡수할 필요가 있는 것은 아니지만, '전기'를 통해 그 문제를 접하게 되면 어쩐지 그 사람과 우리 사이의 '거리'가 줄어든 느낌을 받을 수 있습니다. 쉽게 말해 그를 좀 더 친근하게 느낄 수 있습니다. 그러면 그 역시 우리와 크게 다르지 않은 문제로 고민한 사람이 되고요. 게다가 전기들은 (모두 그런 건 아니지만) 대개 재미있습니다! 이 특장점을 놓치지 마시길 바랍니다.

개념을 중심으로 읽기

'개념'을 어떻게 읽어야 할까?

세미나를 하면서 거의 매주 빠짐없이 등장하는 종류의 질문이 있습니다. "○○이 무슨 뜻인가요?" 또는 "여기 나오는 △△이 지난주에 이야기한 그 □□과 같은 건가요?" 같은 질문이 그것입니다. 그러니까 이 질문들은 모두 '개념'에 관한 질문들입니다. 그때그때 그런 질문들에 답을 하면서 넘어가면 됩니다만, 약간 불편할 때도 있습니다. 이를테면 '텍스트를 읽기 전에 텍스트에서 주요하게 이야기하는 개념들의 뜻을 미리 정리를 하고 텍스트를 읽으면 좋겠다'는 요구를 들을 때입니다. 말하자면 개념어들의 뜻이 잘 정리된 '개념 사전' 같은 걸 가지고 시작하고 싶어 하는 것이죠. 그런 마음이 이해가 안 가는 것은 아니지만, 그건 사실 순서가 바뀐 것이라고, 저는 생각합니다.

　개념어의 뜻이 잘 정리된 개념 노트나 사전은 세미나나 강의의 '결과'로 나오는 것이지, 그런 것들을 '먼저' 만들 수는 없습니다. 왜냐하면 앞에서 말씀드린 것처럼 '읽기'를 이루는 두 요소인 '나'와 '텍스트'가 각각 고정되어 불변하는 게 아니기 때문입니다. 텍스트가 놓여진 맥락, 그 시기 나의 상태와 생각 등에 따라서 '개념어'가 펼치는 의미망의 범위나 강조점은 조금씩 달라질 수 있습니다. 그리고 그 편차가 커지면 더는 그 개념어만으로는 포괄할 수 없게 되기도 하고요. 그러면 그 의미연관을 담을 수 있는 새로운 개념어의 발명이 필요해질 겁니다. 어쨌든, 그래서 잘 잡히지 않는 텍스트를 잡아 두겠다고 개념어의 의미를 고정해 놓는 것은 읽기를 앙상하게 만드는 일과 같습니다.

　문제는 그뿐만이 아닙니다. 그렇게 의미를 잘 정리해 두면 그 의미 목록이 마치 만능열쇠처럼 작동할 수 있을까요? 그럴 리가 없습니다. 가령 60~70% 정도 뜻풀이에 도움을 줄 수 있다고 하더라도, 예외적인 경우들이 꼭 있게 마련입니다. 그래서 우리는 읽으려고 하는 그 텍스트를 '금고'처럼 생각해서는 안 되고, '파도'처럼 생각할 필요가 있습니다. 그것은 '열어야 할 것'이 아니고, '흐름에 올라타야 하는 것'입니다.

그럼, 예문과 함께 본격적인 이야기를 해보겠습니다. 먼저 예문을 읽어 보죠.

자기표현에서 결정적 요인인 선택은 현상과 관계를 맺고 있다. 그리고 현상은 내부 일부를 은폐하지만 '표면' 일부를 노출하는 이중적 기능을 지닌다. 한나 아렌트, 『정신의 삶』, 홍원표 옮김, 푸른숲, 2019, 90쪽

위의 예문에서 우리가 보통 '개념'이라고 부르는 단어들이 있는지 찾아볼까요? 일단, 가장 눈에 띄는 것은 '현상'입니다. 그리고 '은폐'가 있네요. 그런데, 군이 작은따옴표를 이용해서 강조한 걸 보면 '표면'도 개념어처럼 보입니다. 그러면 '표면'과 대구를 이루는 '내부'도 개념어일 수 있을 것 같고, 그다음에는 '선택'이라는 말에도 미묘한 긴장이 걸려 있는 것처럼 보입니다. 그만큼은 아니지만, '자기표현'도 조금 미묘하네요. 그럼 이제 골라낸 단어를 순서대로 추려 보겠습니다.

자기표현
선택
현상

은폐

표면

내부

대략 이 여섯 가지가 '개념어' 후보들입니다. 이 중에 우리를 가장 곤란하게 만드는 '개념'은 무엇인가요? 아마 '현상'일 겁니다. 다른 단어들은 대체로 생활 속에서도 자주 사용되고, 그렇게 사용될 때 실리는 의미 그대로 해석해도 큰 무리 없이 뜻이 통합니다. 그러나 '현상'은 조금 다릅니다. 우리가 '현상'이라는 말을 사용할 때, 거기에 어떤 의미가 실리는지 생각해 보면 이유를 알 수 있습니다. '현상'이라는 말을 사용할 때, 그 말에는 대개 '결과로 드러나는 어떤 사태'라는 의미가 실립니다. 그렇다는 것은 '현상'이라는 표현이 그것을 그렇게 되게끔 만든 어떤 본질적 원인의 결과물을 가리키는 것으로 사용된다는 의미입니다. 따라서, '현상'이라고 말할 때 우리의 세계는 둘로 갈라지게 됩니다. 우리의 눈, 코, 입, 귀에 접수되는 '현상세계'와 그것을 가능하게 하는 원인들의 세계로 말입니다. 그런 의미를 '생각'하면서 예문을 다시 읽어 보겠습니다.

자기표현에서 결정적 요인인 선택은 현상과 관계를 맺고 있다. 그리고 현상은 내부 일부를 은폐하지만 '표면' 일부를 노출하는 이중적 기능을 지닌다.

아렌트는 '자기표현'이라는 '문제'를 다루고 있습니다. 그리고, '자기표현'은 '선택'을 '결정적 요인'으로 가지고 있고요. 이건 이해하기가 어렵지 않습니다. 예를 들어 한겨울에도 '아이스 아메리카노'를 마시는 사람은 그 '선택'을 통해 자기가 어떤 사람인지 표현하고 있는 것이니까요. 이때, 그러한 '선택'은 '현상'과 관련되어 있다는 것이 아렌트의 생각입니다. 이 '현상'이란 무엇인가요? 보통의 의미로는 앞서 말한 것과 같이 '본질적 원인'이 있는 가운데 '결과로 드러나는 어떤 사태'입니다. 그런데, 바로 이어지는 문장에서 아렌트는 '현상'의 기능을 정의합니다. '현상은 내부 일부를 은폐하고 표현 일부를 노출하는 이중적 기능'을 한다고 말입니다. 그러면 이러한 '기능적 정의'에 따라 '한겨울의 아이스 아메리카노' 예를 생각했을 때, '은폐되는 내부 일부'는 무엇이고, '노출되는 표현 일부'는 무엇일까요? 그 사람이 추울 때도 카페인이 있는 찬 음료를 마신다는 것은 그가 날씨와 상관없이 차가운 걸 먹을 수 있는 신체적 능력을 가지고 있다는 것을 드러냅니다. 그리고 그가 그렇게 추운 날에도 찬 음료를 '마실 수밖에 없는' 이유는 감춰집니다.

예를 들어 늘 심리적 압박감 속에 있어서 마음속에 난 불이 꺼지질 않는다거나 하는 그런 이유들 말입니다. 이제 예문을 이해한 대로 다시 옮겨 보면 이렇습니다.

우리는 여러 선택들을 통해 자신을 드러낸다. 우리가 무언가를 선택할 때마다 그것은 하나의 현상으로 나타나는데, 이때 그 현상은 우리 자신의 내부의 어떤 부분은 감추고, 어떤 부분은 밖으로 드러낸다.

이렇게 써 놓고 보면 문장의 의미가 훨씬 잘 와닿는 것 같습니다. 그리고 이 문장은 '자기표현', '선택', '현상'이라는 세 가지 개념을 중심으로 구성되어 있음을 알 수 있고요. 이렇게 이해된 문장을 다시 정리하면──1) 자기표현은 '선택'으로 드러난다, 2) 선택은 '현상'을 일어나게 한다, 3) 현상은 내부의 일부를 은폐하고, 표면 일부를 드러낸다, 4) 선택에 따라 발생한 현상은 은폐와 노출을 통해 '자기표현'을 가능하게 한다──고 말할 수 있습니다. 이렇게 정리해 놓고 보면, 우리는 이로부터 몇가지 질문을 만들어 낼 수 있습니다. 이를테면, '현상'은 어째서 일부 은폐, 일부 노출의 논리를 갖는가, '현상'이 항상 원인으로서 '본질'을 가정하는 개념이라면, 본질적인 것은 '은

폐된 일부'라고 말할 수 있는가, '자기표현'이 '선택'에 의해 가능하다면, 그것은 항상 '자기' 이외의 '타자'와의 관계에 의해서만 가능한 것이라고 볼 수 있지 않은가, 라고 물을 수 있는 것입니다.

여기까지 오면 이제 예로 든 문장은 충분히 읽은 것과 다름없습니다. 물론 아렌트가 저 문장을 통해서 하고 싶은 말이 무엇이었는지는 해당 문장의 앞뒤 맥락을 고려하면서 다시 생각해 봐야겠지만요. 그래도 어쨌든, 문장 자체의 의미에 관해서는 '충분히 읽었다'고 말해도 됩니다. 우리의 읽기를 좌초시키는 텍스트들은 대략 이와 같이 함축적인 개념들을 안고 있는 문장들의 연속으로 이루어져 있습니다. 그래서 읽다 보면 머리가 아픕니다.

'개념'은 왜 어려운가?

이제 '두통'의 이유에 관해 생각해 볼 차례입니다. 왜 그런 걸까요? 가장 먼저 떠오르는 이유는 속도들의 불균형 때문이 아닐까 생각합니다. 어떤 속도들인가 하면, 글을 읽는 속도, 그리고 그것과 연관된 페이지를 넘기는 속도, 그리고 그 속도들을 쫓아야 하는 생각의 속도입니다. 그리고 그것은 무엇보다 '익숙함'과 연관되어 있습니다. 가령 아주 재미있는 소설의 경우 이 속도들이 비교적 비슷합니다. 글자를 쫓는 시선의 속도와 장면들, 그 속의 감정, 감각 등이 내게 전해져 오는 속도가 엇비슷합니다. 때로는 내 생각이 훨씬 더 빨리 갈 때도 있습니다. 그러면 팍팍 넘어가지 않는 페이지 때문에 약간 답답한 기분도 느낍니다. 그래도 어쨌든 내 몸과 마음, 텍스트가 비교적 쉽게 동조(sync)된다고 말할 수 있을 겁니다. 이건 무언가를 읽을 때만 그런 것도 아닙니다. 운전을 하거나, 산책을 할 때, 맛있는 음식을 먹을 때 등등 우리의 일상생활은 그러한 '동조' 속에서 이루어지곤 하니까요. 그런데 앞서서 본 예문과 같은 문장들이 연속해서 나오는 텍스트를 읽고, 이해까지 해야 한다고 하면 어떨까요? 당연하게도 그와 같은 편안한 '동조'가 깨지고 맙니다. 눈과 손은 얼른 앞으로 나가고 싶은데, 머리는 여전히 '생각 중'입니다. '개념'에 함축된 의미를 풀어 내는 데 시간이 걸리기 때문입니다. 그걸 하다 보면 흔히 '좀이 쑤신다'고 표현되는 그런 상태가 됩니다. 이게 어려움을 유발하는 첫번째 이유입니다.

두번째는, '개념'들이 대개 특유의 함축들을 가지고 있다는 점입니다. 아까 예로 들었던 '현상' 같은 개념만 보아도, '결

세미나를 위한 읽기책

과로 드러난 어떤 사태'라는 의미 안에 '은폐된 원인'이라는 의미가 함축되어 있습니다. 그뿐이 아닙니다. 거기에 실리는 '어감'까지 고려해 보면 자연과학에서, 철학에서, 사회학에서, 심리학에서 '현상'이라는 말을 사용할 때의 느낌이 조금씩 다 다릅니다. 읽는 사람은 읽고 있는 텍스트의 주요한 맥락, 읽고 있는 부분의 맥락을 고려해서 하나의 개념이 함축하고 있는 의미의 결들을 스스로 풀어내야 합니다. 문제는 여기서 발생합니다. 왜냐하면, 그 '함축들'이 잘 풀리지 않으니까요. 가령 '현상'과 같은 비교적 단순한(물론 꼼꼼하게 따져 보면 그렇진 않습니다), 그리고 일상어에서도 자주 사용하는 개념들은 '그렇다 치고' 넘어갈 수 있지만, '초월성', '주름', '차연' 등과 같이 용어 자체도 거의 처음 들어 보는 개념들을 만나게 되면 막막할 수밖에 없습니다.

세번째는, (조금 이상할 수도 있지만) '새로움' 때문입니다. 인용문을 하나 보겠습니다.

철학자는 개념의 친구이며, 개념의 가능태이다. 말하자면 철학이란 형성하고 고안하거나 만들어 내는 단순한 기술이 아니다. 개념들이 반드시 형식들, 고안물 혹은 생산물들만은 아니듯이 말이다. 좀더 엄밀히 말하자면, 철학은 개념들을

창출해 내는 학문이다. 질 들뢰즈·펠릭스 가타리, 『철학이란 무엇인가』, 이

정임·윤정임 옮김, 현대미학사, 1995, 13쪽

'새롭다'는 것은 대개 이전에는 경험하지 못한 어떤 것을
보고 느끼는 감정입니다. 전에 없던 독특한 소재나 화풍, 리듬
이나 음계를 이용해 그림을 그리거나 음악을 만들면, 우리는
그걸 보고, 듣고서는 '새롭다'고 느낍니다. 그리고 그렇게 느낀
신선함은 그 순간을 넘어서 우리가 느끼는 방식 자체를 바꿔
놓기도 합니다.

가령 선(line) 중심의 르네상스 회화에서 면(plane) 중심의
바로크 회화를 볼 때 느끼는 신선한 감각은 현실 세계를 보는
우리의 시각을 이중화할 수 있습니다. 또 한참 만화에 빠져 있
을 때에는 어떻습니까? 세계 전체가 만화적 감각으로 다가오
기도 합니다. 음악도 마찬가지입니다. 출근길 지하철에서 감동
적인 음악을 들을 때, 한참 쫓기는 마음이 간데없이 사라지고
한순간에 영원한 시간이 열리는 것 같은 또는 시간이 멈추는
것 같은 체험을 할 때가 있습니다. 그러한 감각의 큰 변동을 겪
고 나면 그 사람이 체험하는 세계도 조금 달라져 있게 마련입
니다.

'개념'은 언어로써 그 일을 하는 것입니다. 그리고 그것은

매우 본질적이고, 보편적인 수준에서 그런 일을 합니다. 왜냐하면, 우리의 '세계 체험' 또는 그로부터 느끼는 감각이란 대개 '언어적'이기 때문입니다. 예를 들어 한없이 가슴이 저며오는 어떤 감정에 대해 어떤 사람은 '슬프다', '절망적이다' 정도로만 말할 수 있습니다. 그런데 어떤 사람은 '세상이 텅 빈 것 같다', '나는 세상에 있지만, 세상에 나는 없는 것 같다' 같은 좀 더 복잡하고 다양한 언어로 말할 수 있습니다. 이 두 사람이 체험하는 세계는 그 두 사람이 가진 언어의 밀도에 따라 매우 다를 겁니다.

'개념'이 어려운 이유는, 철학자라면 누구나 세계를 표현하는 특유의 '개념'을 가지고 있고, 그것을 창출하려고 노력하기 때문입니다. 이는 단순하게 말하자면, 여전히 드러나지 않고 있는 세계의 만 가지 모습들을 철학자들이 여전히 찾고 있기 때문이기도 하고, 흔히 상투적이고 관성적인 '보통의 세계' 너머의 대안적 세계를 구성하고 싶어 하기 때문이기도 합니다. 그때 동원되는 것이 세계의 다른 모습을 보여 줄 수 있는, 익숙하지 않은 낯선 말로서 '개념'이기 때문입니다. 앞서 예로 들었던 아렌트도 '현상'이라는 개념을 새롭게 구성함으로써, 이전과는 다른 의미를 '현상'이라는 말 안에 싣습니다. 그로써 우리는 '현상'이라는 개념에 실려 있는 '아렌트의 세계'를 체험할 수 있는 것이고요. 더불어, 그냥저냥, 해야 하니까 해왔었던 '자기 표현'의 새로운 의미를 얻을 수도 있고요. 이렇게 '개념'은 익숙했던 어떤 세계를 낯설게 만듭니다. 시작부터 '낯설게 만들기'를 목표로 하고 있는데 어렵지 않을 수 있을까요? 어려운 게 아마 당연할 겁니다.

찾아보면 다른 이유들이 더 있겠지만, 일단 이 세 가지면 충분할 것 같습니다. 개념이 어려운 이유는 정리하면 이렇습니다.

1. 읽는 속도 만큼 빠르지 않은 생각의 속도.
2. 개념 안에 함축된 여러 맥락들의 문제.
3. 익숙한 것으로는 잡히지 않는 개념들 특유의 신선함.

그러면, 이 어려움들을 어떻게 해소할 수 있을까요? 음, 아닙니다. 이 어려움들을 어떻게 견딜 수 있을까요?

'개념'이란 무엇인가?

앞에서 말한 들뢰즈의 정의를 받아들인다면, '철학'이란 '개념을 창안하는 학문'입니다. 이러한 정의는 우리의 언어생활을 예로 들어 보면 조금 더 쉽게 이해할 수 있습니다. 가령 '육아'라는 말을 생각해 보면 어떨까요. 우리는 '육아'라는 말을 통해서 특정한 표상을 형성합니다. 유모차를 몰고 산책하는 부모들, 아이와 함께 떠난 여행지의 풍경, 또는 독박 육아의 이미지들, 육아 휴직과 직장 내 갈등 등등. '육아'라는 말로 떠올릴 수 있는 어떤 이미지들의 연쇄가 있습니다. 이 이미지들을 한데 묶어서 '육아'라고 부르는 것이지요. 그런데, 19~20세기 사람들도 그랬을까요? 8~9세밖에 되지 않은 아이들의 '노동'이 만연했던 산업혁명기의 영국이나, 근대 초기의 일본을 보면 꼭 그런 것 같지는 않습니다. 한국도 마찬가지죠. 물론 당시에도 상위계급의 아동의 경우엔 사정이 좀 달랐을 겁니다. 심지어 불과 10~20여 년 전과 지금의 '육아'도 아마 서로 다른 표상을 만들어 낼 겁니다. 이런 식으로 특정한 개념이 가지고 있는 내용적 측면을 다양한 시대적 조건 속에서 다시 생각해 볼 수 있습니다.

그러면 그보다 더 오래 전에는 어떠했을까요? 고대나 중세까지로 시야를 확대해 보면, '아이를 기른다'는 말의 의미는 지금과 꽤 많이 달랐을 겁니다. 따라서 중세인과 현대인이 '육아'라는 말을 통해 떠올리는 그림이 전혀 다를 수 있다는 겁니다. 그리고 어쩌면 중세인은 '육아'라는 말이 무슨 말인지 몰랐을 수도 있습니다. 왜냐하면, '육아'라는 표현 속에는 '아기' 또는 '어린이'가 '성인'과는 다른 별개의 존재여서, 그들과는 다른 돌봄이 필요하다는 의미가 이미 함축되어 있기 때문입니다. 또 특정한 시대나 문화권에 살던 사람들은 '어린이'를 그저 '작은 사람'이라고 생각하는 경우도 있었을 겁니다. 어쨌든 그런 의미에서, '육아'라는 말이 성립하기 위해서는 '어린이'라는 말이 있어야 합니다. 그러면 '어린이'라는 말이 성립하기 위해서는 어떤가요? 네, '어른'이라는 말이 '어린이'보다 먼저 있어야 합니다. '어른'이 가능하려면 또 어떤가요? 사회에서 제 역할을 제대로 하는 '완성된 인간'이라는 의미를 띠는 어떤 말(?)이 있어야 할 겁니다. 이런 식으로 '육아'라는 하나의 말은 여러 가지 다른 말들의 연쇄 속에서 나타납니다. 그리고 그 안에는 그 연쇄 속에서 오로지 그 말만이 함축하고 있는 특수한 '의미'를 담고 있어야 하고요.

이런 점을 고려하고 보면 '개념'을 뜻하는 영어 concept이나 독일어 Begriff의 어원적인 의미인 '움켜쥐다'가 어째서 '개념'이 되었는지를 이해할 수 있습니다. 요컨대 '개념'은 현실의 어떤 부분을 '움켜잡음'으로써 그것의 의미를 선명하게 드러내는 '말'입니다. 그러니까 '육아'라는 말이 없었을 때에도 '아이를 기른다'는 행위는 있었을 테지만, 그 행위에 실리는 생물학적·사회적·심리적 여타 등등의 의미들은 선명하게 드러나지 않았다는 의미입니다. 그런 가운데에 누군가가 그 '일'의 의미를 부각시키고자 '육아'라는 말을 고안하고, 그 '말'을 여러 의미의 연쇄망 속에 위치시키는 발명을 했던 것이라고 볼 수 있습니다.

'육아'라는 말을 예로 들기는 했습니다만, 오래 생각할 것도 없이 그와 비슷한 사례들은 넘쳐 날 정도로 많습니다. '노동', '고용', '임금', '남성', '여성', '시민', '정치', '백성', '예의', '인성', '이성', '감각', '감정', '인종' 등등 우리가 사용하는 일상어 안에도 수없이 많은 '개념어'들이 있지요. 이건 말하자면, 우리가 '개념'을 통해 세상과 만난다는 말과 같습니다. 따라서, '개념'은 다만 '글을 잘 읽기 위해 알아야 하는 단어'라는 수준을 넘어섭니다. 예를 들어 동해 바다를 두고 '영해'나 '수산자원'을 떠올리는 사람과 '해양생태계'를 떠올리는 사람이 경험하는 세계는 다를 겁니다. 어떤 요구를 가지고 모인 사람들을 두고 '소요'라고 이름 붙이는 사람과 '시위'라고 이름 붙이는 사람, '혁명'이라고 이름 붙이는 사람의 세계도 다를 테고요. 요컨대 '개념'은 우리의 세계 경험을 구성하고, 그럼으로써 세계를 대하는 우리의 행동에도 영향을 줍니다.

철학자들의 '개념'

경험은 의심할 여지없이, 우리 지성이 감성적 감각이라는 원 재료를 가공해서 산출해 낸 최초의 산물이다. 바로 그렇기에 경험은 최초의 일러줌이며 또한 경험이 진전해 감에 따라 새로운 가르침은 끝이 없어서, 계속되는 미래의 세대로 이어 지는 [인간의] 삶은 이 바탕 위에서 모아질 수 있는 새로운 지식에 아무런 결여도 갖지 않을 정도이다. 임마누엘 칸트, 「A판의 서론」, 『순수이성비판』 1, 백종현 옮김, 아카넷, 2006, 203쪽

이 문장은 그 유명한 칸트의 『순수이성비판』의 '서론' 맨 앞머리에 나오는 문장입니다. 여기서 개념'화'되고 있는 말은 '경험'이고요. 우리가 이 글을 읽을 때면, 읽는 순간 바로 '해석' 이 시작됩니다. 우리가 원래 알고 있는 '경험'이라는 말의 통 상적 의미와 글 속에서 작동하고 있는 '경험'이라는 개념 사이 의 차이를 견주면서 칸트가 '경험'이라는 말을 통해 드러내고 싶은 것이 무엇인지를 찾는 것입니다. 첫 문장만 보면, 칸트는 '감각을 가공한 산물'이라는 뜻으로 '경험'을 정의하고 있습니 다. 여기서부터 이미 우리가 일상적으로 생각하는 '경험'이라 는 말의 의미와 차이가 나기 시작합니다.

세미나를 위한 읽기책

보통 우리가 '경험'을 말할 때는 '겪어 본 일' 정도의 뜻이니까요. 그래서 '그거 경험해 봤어?' 같은 말을 할 때 쓰이곤 합니다. 그러한 통상적 정의가 틀린 것은 아니지만, 일상어 특유의 모호함이 남아 있는 것도 사실입니다. '사유'가 시작되는 곳이 바로 그곳입니다. 우리가 모종의 새로운 '앎'을 받아들일 때, 그 경로는 다양할 수 있습니다. 책을 읽어서 알 수도 있고, 누군가에게 들어서 알 수도 있고, 그것을 보아서 알 수도 있고요. 어쨌든, 그러한 '앎'의 근저에는 어떤 '접촉'이 있게 마련이고, 그러한 '접촉'을 '경험'이라고 부를 수 있을 겁니다. 칸트는 그렇게 새로운 앎의 바탕에 놓여 있는 '최초의 일러줌'으로서 '경험'을 말하고 있는 것이고요. 이런 식으로 철학자들은 일상적 의식의 수준에서는 이미 완전히 자동화된 생각이나 행동 등의 심층에 놓여 있는 '의미'들을 포착함으로써 그것을 '개념'으로 만들어 냅니다. 칸트의 말을 조금 더 읽어 보겠습니다.

그럼에도 경험은 결코 그 안에 지성이 국한될 유일한 분야는 아니다. 경험은 우리에게 무엇이 현존하며 그렇지 않은가를 가르쳐 주기는 하지만, 그것이 반드시 그러해야만 하며 다르게 있어서는 안 된다는 것을 가르쳐 주지는 않는다. 바로 그 때문에 경험은 또한 우리에게 아무런 참된 보편성도 제공하지 못하고, 따라서 그러한 인식을 그렇게도 열망하는 이성은 경험을 통해 만족을 얻기보다는 오히려 [호기심의] 자극을 받는다. 동시에 내적 필연성을 성격으로 갖는 그런 보편적인 인식들은 이제, 경험으로부터 독립적으로, 독자적으로 자명하고 확실해야 한다.

첫번째 인용에서 '경험'은 우리의 '감성적 감각'이 '원재료'로부터 얻어 낸 '최초의 산물', '최초의 일러줌', '새로운 지식'의 원천으로 이야기되었습니다. 그리고, 바로 앞에 인용한 부분에서는 그러한 '경험'이 가진 한계를 지적합니다. 첫 문장만 보면, '지성'은 '경험'을 초과합니다. '경험'은 앎이 시작되는 출발점이지만, 그렇다고 그것이 '지성 자체'일 수는 없다고 보는 것이죠. 왜 그럴까요? 이어지는 대목에서 등장하는 매우 중요한 개념이 힌트를 줍니다. 그것은 바로 '경험'이 '참된 보편성'을 줄 수 없어서입니다. '경험'만으로는 그것이 그래야만 하는 이유로서 '내적 필연성'을 확보할 수 없으니까요. 예를 들어 오늘 해가 동쪽에 떴습니다. 우리는 그걸 '경험'을 통해 알 수 있습니다. 그런데 내일 해도 동쪽에서 뜰까요? 당연히 그럴 겁니다. 그런데, 우리가 오늘 시점에서 '내일'을 경험할 수 있을까요? 없습니다. 이 말은 내일도 해가 동쪽에서 뜬다는 사실을 알려

주는 것은 '경험'이 아니라는 것입니다. 이 '지식'의 근거는 '경험'이 아니라 '지성'에서 찾아야 한다는 것이 위의 인용문에서 칸트가 말하는 바입니다.

그런데 여기서 우리가 보아야 할 것은 칸트가 무슨 말을 하려는가 하는 것은 아닙니다. 그건 칸트의 철학을 공부할 때 보시면 됩니다. 여기서 확인할 것은 칸트가 자신의 주장을 펴 나가는 방법입니다. 철학자들이 자신의 논지를 펼친다고 할 때, 그 이야기의 최소 단위는 '개념'입니다. 칸트의 경우도 그렇죠. '경험'에서 '지성'으로 '지성'에서 '필연성'과 '보편성'으로 이야기가 흘러갑니다. 이 모든 개념들을 통해 포착하고 있는 것은 인간의 '인식'이고요. 이런 식으로 말하고 싶은 어떤 것, 그러니까 이야기되는 대상의 특정한 면모를 보여 주거나, 통상적인 수준에서는 드러나지 않는 전모를 포착하기 위해서 철학자들은 전에 없던 '개념'을 창안하기도 하고, 기존에 사용되던 개념들을 수정하고 재조합하기도 합니다. 따라서 어느 철학자가 구사하는 '개념'은 대개 전에 없던 독특한 것이고, 일반적으로는 생각하지 못하는 혁신적인 것일 가능성이 높습니다. 그도 그럴 것이 어느 철학자든지 '철학자'라면 독특하고 혁신적인 개념을 만들고자 노력하니까요. 상황이 이렇기 때문에 '개념'은 대개 어려울 수밖에 없습니다.

어려운 것은 어렵게

물론, 하고 싶은 말을 되도록 '쉽게' 전달하는 것은 중요한 덕목이기는 합니다. 그런데 '쉽다'는 것은 달리 말하면 '익숙한 것'일 가능성이 높습니다. 그리고 '익숙한 것'은 '평범한 것'일 가능성이 높고요. 그러면 이렇게 다시 물을 수 있습니다. '우리는 왜 공부를 하려고 하는가'라고요. 각자의 '공부'에는 여러 이유들이 있을 수 있습니다. 그런데, 어느 공부든 '공부'란 대개 현재 상태를 넘어서려는 시도라고 저는 생각합니다. 특히 철학 공부 같은 공부라면 더더욱 그럴 테고요. 그런 점에서 '철학' 공부는 근본적으로 쉬울 수 없다고, 나아가 쉬워서는 안 된다고도 생각합니다. 쉽고, 평범하고, 익숙한 것은 편안한 만큼 아무것도 바꿀 수 없기 때문입니다. 누차 말씀드리지만 '공부'와 관련해서는 어렵고, 특이하고, 낯선 것이 거의 언제나 더 좋은 것일 가능성이 높습니다. 최근에 이와 관련해 인상 깊은 구절을 읽었습니다.

"물론 일치하는 측면이 없진 않지만, 사실상 철학은 일상을 배반하고, 문제시하며, 때로는 쓰나미처럼 덮친다. 그래야 철학이다. 그래서 개념이다. 우선 이 '개념'이라는 두 글자에

서 시작하자."^{박준영, 『철학, 개념』, 교유서가, 2023, 7~8쪽}

조금 더 읽어 볼까요? 약간 깁니다.

"'철학은 개념의 학문이다.' 뒤집어 말해 '개념의 학문은 철학이다.' 톺아보면 이 두 문장 사이에는 어떤 간격도 없다. 동어반복이란 말이다. 그러나 그 의미는 다소 다르다. 첫번째 문장은 하나의 학문 분과로서 철학이 가지는 독특한 성격을 드러낸다. 즉 철학의 대상이 개념이며, 그 개념의 마당 안에서 철학이 활동한다는 것이다. (……)

그런데 한자로 쓴 개념(槪念)은 '생각(念)을 납작하게 만들기(槪)'라는 뜻인데, 이는 언뜻 보면 난데없다. 그런데 '개'의 부수를 보자. 나무 목(木)이다. 이 한자의 의미는 '나무를 납작하게 만드는 것'이 된다. 왜 납작하게 만드는가? 집과 다리를 짓고, 도구나 장신구를 만들기 위해서이다. 그러니 이 나무는 바로 그러한 것들의 '재료'다. 또한 '납작하게 만든다'를 보다 일반화하면 무언가를 '가공한다'는 의미가 된다. 이제야 뜻이 통한다. 즉 개념은 '생각을 가공하는 재료'다."^{앞의 책, 8쪽}

이렇게, 사실 철학자가 아니어도, 우리 자신도 세계를 '개념'을 통해 파악합니다. 다만 자신의 말들이 '개념'임을 의식하지 못하고 있을 뿐이죠. 가령 속 썩이는 자식에게 흔히 '너 뭐하는 놈이야'라고 묻습니다. 이 물음 속에는 '실체'라는 개념이 숨어 있습니다. '겉으로 드러난 너의 모습을 나는 이해하지 못하겠다. 내가 모르는 너의 실체가 도대체 무엇이냐'라고 묻는 것이죠. 그뿐인가요? '세상이 왜 이렇게 된 거야'라고 물을 때에도 그 안에는 다양한 사회학적 개념, 철학적 개념, 정치적 개념의 흔적들이 녹아들어 있습니다. 요컨대 '개념'은 우리가 세계를 이해하는 방식을 표현하고 있죠. 단적으로 500년 전 한반도에 살았던 사람들은 '우리 사회가', '저 자의 실체는' 같은 방식으로 말하지 않았을 겁니다. 우리의 개념들 속에는 세계를 보는 우리의 특정한 관점이 이미 스며 있다고 봐야 할 겁니다.

이 말을 뒤집으면, 우리가 흔히 '고정관념' 또는 '상식'이라고 부르는 관점들은 대부분 역사적 맥락 안에 있다는 말이고, 그것은 그러한 생각들이 언제나 옳은 것으로서 '절대적인 것'이 아니라 '상대적인 것'이라는 말입니다. 그리고 그 이야기는 우리의 상식도 결국엔 '만들어진 것'이라는 이야기입니다. 철학자들이 '개념'을 창안하기 위해 애를 쓰는 이유는 그렇게 낡아 버린 개념들의 제약을 넘어서고 싶기 때문입니다. 조금 기계적인 예이기는 하지만, 부모님 말씀은 '무조건' 따라야 한다는 세계관을 넘어서려면 '독립적인 개인'이라는 개념이 필요하고, '절대자 하느님이 창조한 세계'라는 관점을 넘어서려면 '의지도 목적도 없이 진화하는 세계'라는 개념이 필요합니다. 이런 관점에서 철학자들이 고안한 '개념'들이란 현재적 '상식'과 '고정관념' 너머에서 먼저 도착한 미래의 '관점'이라고 말할 수 있습니다. 따라서, 훌륭한 사유들은 대개, 카프카의 말처럼 "얼어붙은 바다를 깨는 도끼" 같은 것이고요. 우리 자신이 '얼어붙은 바다'라면 그걸 깨는 '도끼'는 얼마나 강력해야 할까요? 물론 이 경우에는 언 바다가 도끼를 향해 달려드는 모양이긴 합니다만, 여하간 평범한 도끼로는 작은 상처조차 내지 못할 겁니다.

그뿐이 아닙니다. 실용적인 이유에서 우리는 철학자들이 혼신의 힘을 기울여 새롭게 고안해 낸 '개념'들이 애초에 쉽게 이해되기 어렵다는 걸 인정하고 시작할 필요가 있습니다. 그러니까 이건 마치 '충돌에 대비하라'라는 안내방송 같은 것이랄까요? 애초에 '이해하기 어렵다'고 마음을 먹고 시작하면, 그나마 대비를 할 수 있습니다.

개념 정리 노트 만들기

'개념 정리 노트'라고 쓰고, 심지어 '만들기'라는 말까지 붙여 놓기는 하였지만, 저 스스로도 딱히 그런 '노트'를 만들고 있지는 않습니다. 다만, 간혹, 읽고 있는 그 텍스트에서 빈번하게 등장하는 개념이 있을 때, 그 개념이 들어가 있는 문장들을 따로 타이핑해서 정리해 두는 경우는 있습니다.

> ▶과연, 마치 내가 또한 다른 경우에 꿈에서 이와 유사한 사유들로 농락당한 것을 기억하지 못하는 것처럼.
> ▶우리 사유 안에 있는 저 모든 사물들의 상들이, 이것들이 참이든 거짓이든.
> ▶정확히 나는 오직 사유하는 것이고, 이것은 정신, 영혼, 지성 혹은 이성이며 이것들은 그 의미가 이전에 나에게 알려지지 않았던 말들이다. 그러나 나는 참된 것이고, 참으로 현존하는 것

이다. 그러나 어떠한 것? 나는 말했다, 사유하는 것.

▶내가 양분을 섭취한다는 것, 걷는다는 것, 감각한다는 것, 사유한다는 것으로, 나는 분명 이 활동들을 영혼과 연관시키고 있었다.

▶나는 스스로 움직이는 힘을 가진다는 것은 감각하는 힘이나 사유하는 힘과 마찬가지로 물체의 본성에 결코 속하지 않는 것으로 판단하고 있었고.

▶사유하는 나 자신이 어떤 것이 아닌 경우는 결코 있을 수 없다.

르네 데카르트, 『제일철학에 관한 성찰』, 이현복 옮김, 문예출판사, 2021

위의 인용들은 데카르트의 『제일철학에 관한 성찰』에서 '사유'라는 단어가 포함된 문장들을 뽑은 것입니다. 물론 전체를 다 뽑은 건 아니고, 전체 노트 중에서 일부만 뽑았습니다. 이런 식으로 정리를 해두면 텍스트의 전체 맥락 안에 있을 때는 잘 보이지 않는 점들이 보이기 시작합니다. 위의 인용문들에서 '사유'는 대략 두 가지 용법으로 사용됩니다. 하나는 명사적인 용법으로 관념 또는 이미지로 말해질 수 있는 관념의 내용들 일반을 가리킬 때 사용됩니다. 앞의 두 문장의 경우가 그렇습니다. 다른 하나는 동사적 용법으로 정신의 능력이나 힘 또는 정신의 활동성 등을 표현할 때 사용됩니다. 다른 말로 구분하자면 전자는 '사유' 후자는 '사유함'이라고 생각하면 될 듯합니다. 어쨌든, 이런 식으로 본문에서 문장을 떼어 놓고 보면 문장 안의 개념의 용법이 더 잘 보이는 경우들이 있습니다. 개념 정리 노트 또는 인용문 정리 노트의 유용함이라 할 수 있겠습니다. 그러한 인용문들에 더해서, 발견한 사실까지 메모해 두면 더 좋겠습니다만, 그렇게 할 경우에 시간과 노력이 훨씬 많이 든다는 점은 감안해야 합니다.

이런 식으로 특정한 개념이 포함된 문장과 해당 개념의 용법, 간단한 의미 등을 정리해 두었을 때의 유용함은 여기에 그치지 않습니다. 이렇게 정리한 인용문들은 기말 에세이를 쓰거나, 발제문 등을 작성할 때, 내 글의 설득력을 높일 수 있는 근거를 제공하기도 합니다. 예를 들어 에세이 주제를 '데카르트에게 있어 사유의 의미'로 정했다고 가정해 보겠습니다. 확인한 것처럼 데카르트에게서 '사유'의 의미는 위의 두 가지로 정리될 수 있습니다. 그러면 각각의 용법에 대한 설명으로부터 종합되는 '사유하는 존재'라는 인간의 규정에 대한 설명으로 글을 구성해 갈 수 있을 겁니다. 각각의 항목에 근거로 제시되는 인용문을 매번 새로 찾지 않아도 '정리'만으로 이미 구성의 상당 부분이 해결된 것이나 다름 없을 테고요.

다만 물론, 이와 같은 정리를 통해 아무런 이득도 얻지 못할 가능성도 적지만 있을 수 있습니다. 그래서 글 안에서 딱히 주제화되고 있지 않은 일반적인 개념들은 따로 정리하지 않아도 됩니다. 그럼에도 불구하고, 그런 개념들을 굳이 정리했을 때 묘한 발견을 하게 되는 경우도 없지는 않습니다. 가령 들뢰즈가 스피노자에게서 '표현'이라는 개념을 발견한 경우가 그런 경우죠. 그때까지 누구도 주목하지 않았던 '표현'이라는 개념을 발견함으로써 들뢰즈는 스피노자 해석을 전혀 다른 차원으로 돌려놓았고 이는 「스피노자와 표현의 문제들」이라는 들뢰즈의 박사학위 부논문으로까지 이어졌습니다. 물론, 들뢰즈 자신이 지금 제가 설명한 것처럼 '표현'이 들어간 문장을 찾아서 정리하고 이러지는 않았을 겁니다. 중요한 것은 '용법의 발견'이지 '정리' 자체가 아니니까요. 개념 정리 노트를 만드는 것도 마찬가지입니다. 그러한 '정리'를 통해 무언가를 '발견'하는 게 중요하다는 점을 잊지 말아야 합니다.

6장

흐름을
파악한다는 것의 의미

텍스트라는 신체

세미나를 할 때, '강독'이라는 형식이 있습니다. 함께 공부하는 텍스트를 돌아가면서 읽고, 읽은 내용을 그 자리에서 입말로 요약하고, 거기에 자신의 해석을 덧붙여 가며 읽어 가는 형식입니다. '돌아가며 읽기'를 할 때, 읽기가 끊어지는 부분이 바로 '문단'(文段)입니다. 이를 통해 '문단', 나아가 '문단'을 이루고 있는 '문장'(文章)이 텍스트 읽기에서 가지고 있는 의미를 생각해 볼 수 있습니다. 사전적인 의미에서부터 출발해 보겠습니다. 보통 한 편의 글은 여러 개의 문단으로 이루어져 있습니다. 하나의 문단은 여러 개의 문장으로 구성되어 있고요. 또, 한 문장은 여러 개의 단어들로 이루어져 있습니다. 어떤 텍스트를 하나의 신체에 비유해 보면, 문단과 문장은 그 신체를 이루고 있는 신체의 작은 부분들로서 장기나 혈관, 뼈 등으로 생각해 볼 수 있을 겁니다. 다시 말해 어떤 텍스트든지, 그것은 '한 편'이라는 개별적 단위이지만, 그와 동시에 여러 부분들이 차곡차곡 쌓여 있는 복합물인 셈입니다. 따라서, 우리가 어떤 텍스트를 '잘' 읽는다는 것은 그 텍스트의 세부 사항들을 잘 가늠하고 있다는 것입니다.

그런데, 대개의 경우 우리는 그러한 세부를 잘 가늠하지 않고 넘어가곤 합니다. 이게 무슨 말인가 하면, 어떤 개념이 속한 문장, 그 문장들이 모인 문단 등을 의식하지 않고 첫 줄부터 마지막 줄까지 텍스트를 그저 평평하게 읽어 간다는 의미입니다. 이는 달리 말하면, 텍스트의 어디에 힘이 들어가는지, 그런 문장이 이 문단에서 어떤 역할을 맡고 있는지, 그 문단이 그 절에서 어떤 효과를 발휘하고 있는지와 같은 것들을 딱히 신경 쓰지 않는다는 말과 같습니다.

문단 단위로 읽기

일단 익숙해져야 하는 것은 '문단' 단위로 읽는 겁니다. 그러면 문단 단위로 읽는다는 건 어떤 의미일까요? '문단'을 한 눈에 읽어 간다는 뜻은 물론 아닙니다. 문단 하나를 읽고, 다음 문단으로 넘어가기 전에 지금 막 읽어 낸 그 문단이 어떤 의미인지 생각해 보고 넘어가야 한다는 의미입니다. 그렇게 다음 문단으로 넘어가서, 넘어간 그 문단도 읽었습니다. 그러면, 앞에 읽은 문단에서, 지금 막 읽은 문단으로 어떻게 넘어오게 되었는지 문단 사이의 연계를 생각해 봐야 합니다. 이렇게 문단 하나의 의미를 읽고, 상기하고, 연관짓고, 상기하고, 또 읽고… 이런 식으로 문단 단위의 의미를 이어 붙이는 겁니다. 예문을 보면서 이야기를 더 진척시켜 보겠습니다.

① 패러데이와 같이 연장적인 원자를 역동적인 점으로 대체하는 사람들조차 힘의 중심과 힘의 선을 활동이나 노력으로 생각된 힘 자체에는 개의치 않고 수학적으로 취급할 것이다. 그러므로 여기서 외적인 인과성 관계는 순전히 수학적이며, 심리적 힘과 거기서부터 나오는 행위의 관계와는 아무런 유사성도 가지지 않는다는 것은 합의된 사항이다.

② 다음을 덧붙일 순간이 왔다. 즉, 내적인 인과성의 관계는 순수하게 동적이며, 서로를 조건짓는 두 외적인 현상의 관계와는 아무런 유사성이 없다. 왜냐하면 두 외적 현상은 동질

적 공간에서 다시 일어날 수 있는 것이므로 법칙의 구성에 들어갈 것이지만, 반면에 깊은 심적 사실들은 의식에 [오직] 한 번 나타나며 결코 더 이상 나타나지 않을 것이기 때문이다. 심리 현상에 대한 주의 깊은 분석이 우선 우리를 그러한 결론에 도달하게 했다. 인과성과 지속의 개념에 대한 연구도, 그 자체로 생각했을 때, 그것을 확인하게 해줄 뿐이었다.
③ 우리는 이제 자유에 관한 우리의 견해를 공식화할 수 있다.

자유란 구체적 자아와 그것이 수행하는 행위의 관계를 일컫는 말이다. 우리가 자유롭다는 바로 그 이유 때문에 그 관계는 정의될 수 없는 것이다. 왜냐하면 사물은 분석되지만 진행은 분석되지 않으며, 연장성이 분해되지 지속이 분해되지는 않기 때문이다. 혹은 그럼에도 불구하고 분석하기를 고집할 때, 사람들은 무의식적으로 진행을 사물로, 지속을 연장성으로 변형시킨다. 구체적 시간을 분해한다고 주장하는 것만으로도 그것의 순간들을 동질적 공간에 펼쳐 놓는 것이다. 이루어지고 있는 사실 대신에 이루어진 사실을 놓고, 자아의 활동을 말하자면 고정시키는 것으로부터 시작했기 때문에 자발성이 타성으로, 자유가 필연으로 해소되어 버리는 것을 본다.— 그것이 자유에 관한 모든 정의가 결정론의 손을 들어 주는 이유다. 앙리 베르그손, 『의식에 직접 주어진 것들에 관한 시론』, 최화 옮김, 아카넷, 2001, 270~271쪽.

베르그손은 이 글에서 자연과학적 인과성에 근거한 '결정론'을 넘어서는, '내적 인과성'에 근거한 '자유'를 철학적으로 증명하고자 합니다. 각 문단 앞에 붙여 둔 숫자들은 원문에는 없고, 제가 문단별로 구분하기 위해 붙여 둔 것입니다. ①문단에서는 자연과학적으로 정의된 '힘'은 '심리적 힘'과 무관한 것임을 상기시킵니다. 그러면 우리는 다음 내용을 예상할 수 있습니다. ①문단에서 외적 인과성에 근거한 힘은 내적-심리적 작용에서 나타나는 힘과는 다르므로, 내적-심리적 작용을 가능하게 하는 어떤 '힘'이 필요할 것이라고요. 그러면 이어지는 문단들에서는 ①문단에서 상기시킨 외적 인과성에 근거한 힘과는 별개의 '힘'에 관해 이야기해야 합니다. 그렇게 예상할 수 있으면 우리는 일단 읽기의 어떤 기준점을 확보한 셈입니다. 예상대로 글이 이어져 나아가는지, 아니면, 예상과는 완전히 다른 방향으로 이어져 가는지 생각해 볼 수 있는 것이죠. 이러한 기준점이 있고, 없고는 생각보다 큰 차이를 만들어 냅니다. 기준이 없는 상태에서 우리의 '읽기'는 텍스트의 글자를 좇는 데 그치게 됩니다. 말하자면 수동적으로 읽게 됩니다. 반대로 특정한 논리적 절차에 따라 확보된 기준점이 있다면, 텍스트에 능동적으로 접근할 수 있게 됩니다. 텍스트를 좀 더 여유를 가지고 읽어 갈 수 있는 것이죠.

그러한 예상을 염두에 두고서 ②문단을 읽어 보겠습니다. 베르그손은 곧장 '내적인 인과성 관계'는 '두 외적 현상의 관계와는 아무런 유사성이 없다'고 말합니다. 이 말은 ①문단에서 상기시킨 것과 같은 외적 인과성이 내적 인과성 안에서는 발견되지 않는다는 말입니다. 두번째 문장에서는 '동질적 공간'에서 재현되지 않기 때문에, '심적 사실'들은 한 번 발생하고 나면 다시 동일하게 반복되지 않는다고 말합니다. 재현되지 않는 유일한 사건이라는 말입니다. 이제 ①문단과 ②문단을 종합해 볼 수 있습니다. '외적 인과성'은 조건만 맞는다면 '재현'될 수 있고, 따라서 우리는 그러한 재현성에 근거하여 '법칙'을 세울 수 있습니다. 반면 우리의 노력이나 관심과 같은 '심적 사실'들은 의식에 오로지 한 번 나타날 뿐, 결코 다시 재현되지 않습니다.

이 흐름을 통해 알 수 있는 사실은 베르그손이 모든 것을 재현 가능성 위에 세우려는 '자연과학적 환원'을 거부하고, 그것만으로 설명될 수 없는 유일하고, 독특한 '사건'으로서 '심적 사실'들, 조금 더 쉽게 말하면 '마음의 사건'들을 강조하고 싶어 한다는 점입니다. 그러면 ①문단에서 ②문단으로 넘어갈 때와 마찬가지로 ③문단의 내용도 미리 생각해 볼 수 있습니다. 아마 거기서 베르그손이 이러한 이야기를 하는 진짜 의도가 드러나리라는 것도 알 수 있고요. 예상대로 ③문단에서 베르그손은 '외적 인과성'과는 다른 규정을 갖는 '내적 인과성'의 영역을 확보했기 때문에, '이제 자유에 관한 견해를 공식화'할 수 있다고 말합니다. 그가 진정 말하고 싶었던 것은 바로 '자유'의 문제였던 겁니다. 자연과학적으로 환원되지 않는 무언가가 있고, 우리의 '자유'는 그렇게 환원되지 않는 무언가에서 그 근거를 찾을 수 있다는 이야기입니다.

이제 이 글을 이해하는 우리의 해상도를 조금 높여 보아야 합니다. 문단을 기준으로 읽어 갈 때는 전반적인 흐름을 읽어 가기에 좋지만, 글의 세부 내용을 포착하는 데에는 분명한 한계가 있기 때문입니다. 그러자면, '문장'이 문단 안에서 어떻게 서로 연관되는지를 살펴보아야 합니다.

문장을 중심으로 읽기

① 패러데이와 같이 연장적인 원자를 역동적인 점으로 대체

하는 사람들조차 힘의 중심과 힘의 선을 활동이나 노력으로 생각된 힘 자체에는 개의치 않고 수학적으로 취급할 것이다. ② 그러므로 여기서 외적인 인과성 관계는 순전히 수학적이며, 심리적 힘과 거기서부터 나오는 행위의 관계와는 아무런 유사성도 가지지 않는다는 것은 합의된 사항이다.

'패러데이와 같이 연장적인 원자를 역동적인 점으로 대체하는 사람들조차 힘의 중심과 힘의 선을 활동이나 노력으로 생각된 힘 자체에는 개의치 않고 수학적으로 취급할 것'이라는 문장 ①부터 보겠습니다.

이와 같은 문장을 마주치면 먼저 해야 할 일이 있습니다. '패러데이'가 누군지 아시나요? 그가 누구고, 무슨 일을 했는지 이미 알고 있다면 괜찮지만, 모른다면 일단 패러데이가 누구인지 검색을 해보는 걸 추천합니다. 텍스트의 중심 논의와는 크게 상관없지만, '패러데이'를 알고 읽는 것과 모르고 읽는 것에는 차이가 있기 때문입니다. 한국어 위키백과에 따르면 패러데이는 '전자기장에 대한 기본적인 개념을 확립하는 직류가 흐르는 도체 주위의 자기장에 대한 연구를 했'다고 합니다. 물론 패러데이가 물리학과 화학에 기여한 다른 훌륭한 업적들이나 그의 생애와 관련된 정보들이 있기는 합니다만, 이 정도만 알아도 베르그손의 이 글을 읽어 가는 데에는 무리가 없습니다. 우리가 알고 싶은 건 '연장적 원자를 역동적인 점으로 대체'한 것이 도대체 무엇을 의미하는지 하는 것이니까요.

'자기장'에 대한 연구가 힌트가 됩니다. 어떤 힘이 작용하려면 작용하는 것과 받는 것 사이에 물리적 접촉이 있어야 한다는 게 상식이었던 시절이 있었습니다. 그런데 뉴턴의 중력이나, 패러데이의 자기장 같은 것들은 그런 이전의 상식을 뒤집습니다. '연장적 원자'가 없어도 힘이 작용하는 '역동적인 점' 같은 게 있다는 것이죠. 물론 과학자들은 그렇게 생각하지 않았지만, 그런 식의 '힘의 원격 작용' 같은 걸 본 당대 사람들은 어땠을까요? 신비한 마법의 힘 같은 걸 상상했을지도 모릅니다. 그래서 어떤 '노력'처럼 '의지'가 개입된 무언가가 거기에 있다고 여길 수도 있었던 것이죠. 그에 대해 베르그손은 패러데이는 그러지 않았다고, 그는 순전히 '수학적'으로 그것을 취급했다고 말합니다. 따라서 거기엔 어떤 신비나 의지 같은 것은 없습니다. 그리고, 그렇게 파악된 힘들의 관계를 '외적인 인과성'이라고 규정합니다. 그것은 '심리적 힘과 거기서부터 나오는 행위의 관계'와는 다른 것이고요. 첫 문단의 내용은 이렇게 정리할 수 있을 겁니다.

① 다음을 덧붙일 순간이 왔다. 즉, 내적인 인과성의 관계는 순수하게 동적이며, 서로를 조건짓는 두 외적인 현상의 관계와는 아무런 유사성이 없다. ② 왜냐하면 두 외적 현상은 동질적 공간에서 다시 일어날 수 있는 것이므로 법칙의 구성에 들어갈 것이지만, 반면에 깊은 심적 사실들은 의식에 [오직] 한 번 나타나며 결코 더 이상 나타나지 않을 것이기 때문이다. ③ 심리 현상에 대한 주의 깊은 분석이 우선 우리를 그러한 결론에 도달하게 했다. 인과성과 지속의 개념에 대한 연구도, 그 자체로 생각했을 때, 그것을 확인하게 해줄 뿐이었다.

두번째 문단의 문장 ①에서는 앞선 문단에서 확인된 '심리적 힘과 거기서부터 나오는 행위의 관계'를 '내적 인과성의 관계'라는, 보다 함축적인 용어로 정리합니다. 그리고 문장 ②의 앞부분에서 '외적 인과성의 관계'의 본성으로 '동질적 공간에서 재현되어 법칙 수립을 가능하게 함'을 말합니다. 뒷부분에서는 '내적 인과성의 관계의 반복 불가능성'을 이야기하고요. 여기까지만 보아도 이 글이 '패러데이'에 관한 첫문장에서 시작해서 두번째 문단의 문장 ②까지 이어지는 동안 전개된 의미 계열을 정리해 볼 수 있습니다.

수학적인 것 → 외적 인과성 → 동질적 공간 안의 재현성 → 법칙 수립

활동이나 노력으로 생각된 힘 → 심리적 힘과 행위의 관계 → 내적 인과성 → 재현 불가능성

우리는 이제 자유에 관한 우리의 견해를 공식화할 수 있다. ① 자유란 구체적 자아와 그것이 수행하는 행위의 관계를 일컫는 말이다. ② 우리가 자유롭다는 바로 그 이유 때문에 그 관계는 정의될 수 없는 것이다. 왜냐하면 사물은 분석되지만 진행은 분석되지 않으며, 연장성이 분해되지 지속이 분해되지는 않기 때문이다. ③ 혹은 그럼에도 불구하고 분석하기를 고집할 때, 사람들은 무의식적으로 진행을 사물로, 지속을 연장성으로 변형시킨다. ④ 구체적 시간을 분해한다고 주장하는 것만으로도 그것의 순간들을 동질적 공간에 펼쳐 놓는 것이다. ⑤ 이루어지고 있는 사실 대신에 이루어진 사실을 놓고, 자아의 활동을 말하자면 고정시키는 것으로부터 시작했기 때문에 자발성이 타성으로, 자유가 필연으로 해소되어 버리는 것을 본다.— 그것이 자유에 관한 모든 정의가 결정론의 손을 들어 주는 이유다.

이제 베르그손은 그러한 계열화를 통해 도달한 의미 규정을 통해 마지막 세번째 문단에 이릅니다. 그리고 드디어 여기에서 '자유에 관한 견해'를 말할 수 있다고 합니다. 문장 ①에서 '자유'를 '구체적 자아와 그것이 수행하는 행위의 관계'로 정의합니다. 그리고 그렇기 때문에 문장 ②에서처럼 '정의 불가능성'에 이르게 됩니다. 왜냐하면, 우리(구체적 자아)가 무언가를 수행한다고 할 때, 우리는 멈출 수 없기 때문입니다. 다시 말해 '외적 인과성'의 경우에서 A와 B라는 고정된 항들이 있고, 그 상태에서 둘 사이의 관계 도식을 정의하는 것처럼 우리의 자아라는 항과 우리의 행위라는 항을 멈춰 있는 실체로 놓고 다룰 수가 없기 때문입니다. 이때 이 관계는 '활동이나 노력으로 생각된 힘'으로서 '심리적 힘과 행위의 관계'를 맺고 있고, 그 둘 사이의 관계는 '내적 인과성'의 관계이며, 그런 이유에서 '재현 불가능성'을 가지고 있습니다. 우리의 어떤 심리적 활동과 행위는 매번 고유한, 독특한 것이기 때문입니다. 만약 이러한 '내적 인과성의 관계'를 무시하고 이걸 '외적 인과성의 관계'에 따라 다루려 한다면 어떻게 될까요? 문장 ③ 이하의 내용이 그에 관한 것입니다. 우리는 우리의 심적 자아를 '사물'로, 행위의 지속을 연장적인 것으로 환원하게 됩니다. 그렇게 되면 문장 ⑤에서 베르그손이 지적하는 것과 같이 '자발성'이 수동적인 '타성'이 되고, '자유'가 '필연' 속에 놓이는 전도가 일어나고 마는 것입니다.

이렇게 '문장'을 중심으로 한 문장에서 다음 문장으로 이어지는 전개를 의미 단위, 의미 계열과 그에 따른 규정들의 연쇄로 읽어 갈 수 있습니다. 이 연쇄에는 문단에서 문단으로 이어지는 큰 연쇄가 있고, 문장에서 문장으로 이어지는 작은 연쇄가 있습니다. 그뿐이 아닙니다. 절에서 절로, 장에서 장으로, 부에서 부로 이어지는 더 큰 연쇄도 있습니다. 다시 말해 큰 흐름과 작은 흐름을 모두 적절하게 읽어 낼 수 있어야 하는 셈입니다. 이걸 잘 해낸 읽기를 숙독(熟讀) 또는 미독(味讀)이라고 부를 수 있을 겁니다.

이쯤에서 우리가 철학책을 읽는 이유를 다시 생각해 볼 수 있습니다. 다들 아는 것처럼 철학자들은 '사유'를 합니다. 그리고 우리도 그렇게 사유하는 삶을 살고 싶어 합니다. 철학자들의 사유를 따라가면서 우리는 우리 삶에 사유를 도입하고자 하고요. '흐름'을 따라간다는 것은 철학자들이 어떤 절차와 방법으로 사유를 진행시켰는지를 세심하게 살피는 작업입니다. 이게 잘될수록 우리의 신체도 그 사유에 동조될 겁니다.

덧달기 6
'생각'은 연필과 형광펜으로 하는 것

물질과 정신의 구분은 이제 와 생각해 보면 참 낡은 이분법이기는 합니다. 그렇지만 낡은 만큼 익숙한 것이기도 하죠. 그런 이분법에 따라 '읽기'라는 행위를 생각해 보면 어떨까요? 우리가 무언가를 읽는다고 할 때, 그 행위는 정신적인 행위일까요, 물질적인 행위일까요? '읽기'에 대한 오래된 관념에 따르면 그것은 '정신적'입니다. 이를테면 '책은 마음의 양식' 같은 상투어구가 여전하니 말이죠. 그 말처럼 읽는 행위를 열심히 한다고 해서 배가 불러지지는 않습니다. 오히려 허기가 지죠. 여기까지 보면 '읽기'는 철저하게 정신적 행위로 보입니다. 그런데 이렇게 생각해 볼 수도 있지 않을까요? 포만감이 들지는 않지만 허기가 진다는 사실로부터 '읽기'의 '물질성'을 생각해 볼 수 있을 것 같은데요. '포만'과 '허기' 모두 어떤 물질적, 생리적 사태를 가리키는 말이니까요.

세미나를 위한 읽기책

약간 농담처럼 쓰기는 했지만 저는 진심으로 '읽기'가 물질적이라고 생각합니다. 일례로, 저는 진지하게 책을 읽을 때, 손에 샤프나 형광펜, 자를 쥐고 있지 않으면 '읽기'를 할 수 없습니다. 뭐, 읽기야 하겠지만 그 '읽기'가 '공부'에 이르지는 못한다는 게 정확할 겁니다. 어쨌든, 그렇게 우리는 텍스트에 줄을 치고, 메모를 하고, 귀퉁이를 접으면서 읽습니다. 그뿐인가요. 시선을 텍스트에 고정한 채로, 이렇게 저렇게 자세를 바꾸고, 허리를 폈다 접었다 하면서 끊임없이 신체를 읽는 상태로 조정합니다. 그렇게 우리는 온몸을 동원해서 읽습니다. 그런 중에 잘 읽히지 않는 문장, 이해하기 어려운 구절을 만나면 벌떡 일어나서 소리를 내어 읽어 보기도 합니다. 그래도 잘 풀리지 않으면 책을 덮고 일어나 읽히지 않았던 그 구절을 떠올리며 산책을 하기도 합니다. 이러한 일련의 과정은 철저하게 신체적입니다. '정신적인 것'이라고 부를 수 있는 것은 오히려 전체의 부분에 불과합니다.

어쨌든, 그러한 신체적 '읽기'의 과정에서 맨 앞단을 차지하고 있는 게 바로 '줄긋기'입니다. 손을 이용해서 텍스트의 요소들을 체크하고, 요소들 사이의 관계를 표시하는 것이죠.

"오로지 서로 유사한 것만이 차이를 낳는다", "오로지 차이들만이 서로 유사하다." 이 두 공식은 세계를 읽는 두 가지 방법과 관련된 것이다. 왜냐하면 전자의 공식이 우리로 하여금 미리 존재하는 것으로 가정된 그 어떤 유사성 또는 동일성으로부터 시작해서 차이를 생각하도록 권유하는 데 반해서, 후자의 공식은 우리로 하여금 유사성, 더 나아가 동일성을 일종의 생산물처럼, 즉 바탕을 이루는 같지 않음으로부터 비롯된 생산물처럼 인도하기 때문이다. 여기에서 첫번째 공식은 정확하게 사본들의 세계 또는 재현들의 세계를 정의한다. 왜냐하면 이 공식은 세계 자체를 재현으로서 제기하기 때문이다. 반면에 첫번째 공식에 맞서서 두번째 공식은 환영들의 세계를 정의하며, 세계를 그 자체가 환영인 것으로서 제기한다. 그런데 두번째 공식의 시각에서 보자면, 환영이 건설되는 애초의 같지 않음이 매우 작다든지 또는 매우 크다든지 하는 것은 그리 중요한 것이 못된다. 단지 환영을 구성하는 같지 않음이 그 자체로서 판단된다는 것, 그리고 미리 존재하는 것으로 여겨지기 쉬운 그 어떤 동일성도 결코 예단하지 않는 이유들과 기준들을 따라서 같지 않음이 작거나 크다고 이야기되는 것으로 충분한 것이다. 질 들뢰즈, 「플라톤주의를 뒤집다(환영들)」, 『들뢰즈가 만든 철학사』, 박정태 옮김, 이학사, 2007, 43쪽

앞에 예시로 든 글처럼 '전자'와 '후자' 같은 형태로 계통이 딱 분류되는 글들의 경우에는 분류의 기준이 되는 명제를 형광펜으로 표시하고, 이하 해당 명제들을 뒷받침하는 내용들은 연필로 줄을 긋고 '전자-계열', '후자-계열'로 관계짓는 형태로 표시를 해두면 좋습니다. 그렇게 표시를 해두는 것 자체가 읽어 내고자 하는 문단의 논리적 구도를 구조화하는 것이기 때문에 기억에도 오래 남고, 잊는다고 하더라도 책을 다시 펼쳐 보았을 때 금방 다시 새길 수 있기 때문입니다. 그래서 저는 이와 같은 일련의 읽기 과정이 단지 '뇌'에서만 일어나는 게 아니라고 생각합니다. 요컨대 '생각'은, '공부'는 오히려 줄을 긋는 '손'에서 시작되는 것일지도 모릅니다. 줄을 긋는 손의 동작을 통해서 '글'과 상호작용을 일으키고, 우리는 그 '상호작용' 속에서 텍스트와 내가 만나 조성되는 특유의 리듬 속으로 들어가는 것이죠. 자, 그러하니, 이제 형광펜을 들고 흥겹게 줄을 그으러 떠나 보시길 바랍니다!

7장

생산의 관점에서
읽는다는 것

읽은 것은 어떻게 자리 잡는가

'공부'를 할 때, 우리 머릿속에서 무슨 일이 일어나는지 생각해 보겠습니다. 가령, 제가 요즘 한참 재미있게 읽고 있는 육휘(허욱)의 『재귀성과 우연성』을 예로 들어 보겠습니다. 이 글을 쓰고 있는 지금 시점은 제가 튜터로 활동하는 문탁네트워크 철학학교 세미나에서 17세기 이성주의 철학 세미나가 막 끝나고 짧은 방학을 맞이한 시점입니다. 그래서 제 머릿속에는 여전히 '끝'나지 않은, 또는 '끝'을 낼 수 없는 지난 1년간의 세미나에서 공부한 내용이 맴돌고 있는 상태라고 할 수 있습니다. 이런 때에 우연한 계기로 읽게 된 『재귀성과 우연성』에서 육휘는 이른바 '근대 철학'이라고 불리는 17세기 철학부터 시작하여 칸트, 헤겔에 이르는 '근대 철학'을 '재귀성과 우연성'이라는 개념으로 재정립하는 작업을 해나갑니다. 이를 통해 도달하고자 하는 목표는 기술적인 것과 사유, 인간적인 것과 비인간적인 것 사이의 오래된 이분법을 이론적 차원에서 넘어서는 것입니다. 당연하게도 제 머릿속에서는 지난 1년 동안 허우적거리며 공부한 17세기 철학자들(데카르트, 스피노자, 라이프니츠)의 생각이 퐁퐁 솟아올라 육휘가 수행하는 재규정들 속에 들어가 다시 자리를 잡습니다. 올해의 공부들이 새로 자리를 잡기 시작하는 것입니다.

그리고 그러한 '자리 잡음'은 여기에 그치지 않습니다. 1월 초부터 시작하는 문탁네트워크 겨울 특강 '신유물론 : 이론의 전장' 세미나 강의 준비를 하면서 읽고 있는 『신유물론, 물질의 존재론과 정치학』 1장 '신유물론의 배경'에서도 근대철학과 관련된 주제들이 매우 중요한 테마로 등장합니다. 요컨대 '신유물론'이 이미 '의식 중심 철학'이라는, 이른바 인간중심적 철학을 극복하려는 이론적 시도로 나온 것이기 때문에 연관이 없을래야 없을 수 없는 것이죠. 이러한 이야기들을 통해 말하고 싶은 것은 말하자면 '공부', 좁게 이야기하면 '읽기'의 연속성에 관한 것입니다.

약간 뜬금없지만, 고3 수능시험을 비롯한 일련의 입시과정이 끝난 다음을 생각해 보겠습니다. 다른 분들은 어떠셨는지 잘 모르겠지만, 저는 수능을 마친 다음 날 곧장 입시 준비를 하면서 보아 왔던 문제집이며 참고서들을 싹 치워 버렸습니다. 이 이야기는 '공부'에 관한 우리의 '표상'이 어떠했는지를 아주 잘 보여 줍니다. 이를테면 그것은 특정한 '목적'에 도달하고 나면 치워져야 할 것이고, 안 할 수 있다면 안 하는 게 가장 좋은 것이며, 해야만 하는 것이라면 결국 지긋지긋한 것입니다. 따라서 그것은 되도록 이어지지 않았으면 하는 것입니다.

그러나 지금 우리가 하는 공부는 어떨까요? 평생 그만둘 수 없는 것이며, 그만두더라도 아쉬운 것이고, 어렵고 고통스러운 순간들이 자주 찾아오지만 근근이 이어 갈 수밖에 없는 종류의 것입니다. 게다가 그런 공부를 나에게 하라고 강요하는 사람도 없습니다. 오히려 그것은 지금까지 우리를 동일하게 반복되는 삶 안으로 가두었던 우리 자신의 구체적인 어떤 선택들을 바꾸기 위해 애써, 일부러 구하는 자발적인 괴로움에 가깝습니다. 그래서 우리는 한 해의 공부 과정이 '끝'났다고 해서 쉽게 그 공부에서 벗어날 수 없습니다. 어떻게든 미약하게나마 그 공부를 이어 가고, 끊어진 부분을 다시 이어 붙이는 것입니다.

낚싯대 드리우기

한 마디의 공부를 마감한 다음에 우연하게 읽은 것이, 우연하게도 공부한 내용과 맞아떨어지는 행운에 가까운 사례를 들어 이야기를 했지만, 그런 행운이 깃들지 않는다고 하더라도 괜찮습니다. 중요한 것은 '중단'하지 않는 것이니까요. 한 마디의 공부가 마감되었다고 해서 '공부'가 끝나는 일은 결코 없다는 것만 알고 있으면 됩니다. 이는 우리가 하려고 하는 '공부'의 성질을 드러내 보여 주는 것이기도 합니다. 다시 말해, 앞서 이야기한 것처럼 이 공부는 결코 끝나지 않는다는 것입니다. 더는 하지 못할 때까지 계속 해 나갈 수밖에 없습니다. 그리고 이는 동시에 공부를 해서 무엇을 해야지, 공부를 하면 뭘 얻겠지 같은 게 아니라는 걸 보여 줍니다. 중요한 것은 '공부를 하는 것'이지 그걸 해서 '얻는 것'에 있지 않습니다. 따라서, 이러한 '공부'를 통해 되어야 할 것은 단 한 가지, 계속 공부하는 사람밖에 없습니다. 그러자면, 읽는 일을 멈춰서는 안 되고요. 여기까지 써 놓고 보니 '누가 그걸 모르냐'는 이야기가 들리는 듯합니다. 그렇기 때문에 그러한 '공부 중인 상태'를 어떻게 유지할 수 있는가 하는 것이 중요해집니다.

'낚싯대 드리우기'는 바로 그러한 '상태 유지'와 관련이 있습니다. 다시 말해, 내가 공부를 지속해 갈 수 있게끔 나의 흥미, 동기, 당위 등을 유지시켜 줄 수 있는 '주제'들을 지속적으로 찾아내야 한다는 말입니다. 이전에 『세미나책』에서도 이미 이야기한 바 있지만, 세계문학, 교양과학, 교양역사 텍스트들은 그러한 주제들을 탐색하는 데 큰 도움을 줍니다. 그런 텍스트들에서 우리는 '왜 자연세계는 다르게 움직이지 않고 이렇게 움직이는가', '왜 인간은 그렇게 될 것을 뻔히 알면서도 어리석은 행동을 중단할 수 없는가', '오늘날의 세계는 어째서 이런 모습으로 귀결되었는가' 같은 '질문들'을 건져 낼 수 있으니까요. 요컨대 '주제'를 찾는다는 것은 그러한 '질문들'을 찾는 것과 같습니다. 어떤 공부를 할 것이고, 그 주제에 적합한 텍스트들을 모아 내는 것은 사실 '질문'을 구성하는 문제보다 뒤에 오는 것입니다. 어쨌든 그런 '질문'은 그냥 생기지 않습니다. 현실적인 체험이나 우연한 읽기 속에서 우발적으로 생겨나는 경우가 훨씬 많습니다. 그러자면 내가 살아가는 세계, 내가 접속하는 세계에 대한 관심을 거두지 말아야 하고요.

그런데, 우리는 대개 어떤 '질문'에 봉착했을 때, 바로 손쉬운 해결처럼 보이는 쪽을 향해 가는 경향이 있습니다. 단적인 예로 문제 자체의 복잡성을 회피하고, 즉시 피아(彼我)를 식별합니다. 그리고 '우리 편'이라고 여겨지는 쪽에 전적으로 답할

권리를 양도합니다. 대표적으로 '현실 정치'가 그러하죠. 그런데 조금만 생각해 보면 현실이 이와 같은 상태에 이르기까지 생각보다 복잡한 역사적, 이데올로기적, 정념적 문제들이 중층적으로 쌓여 있다는 것을 알 수 있습니다. 그 문제들을 풀어 내는 것은 결코 쉬운 일이 아니지만, 그걸 풀지 않고서는 우리는 결코 우리 자신을 '자유'로운 상태로 만들 수 없다고 저는 생각합니다. 이유를 모르는 채로 행동하는 것이 '부자유'라면 말입니다. 따라서 '관심'을 기울인다고 하는 것, 그래서 무언가를 지속적으로 '읽어 간다'고 하는 것은 결국에는 우리가 쉽게 빠질 수밖에 없는 어떤 '맹목성'에 저항한다는 의미를 가지고 있습니다. 그리고 그것은 우리가 하는 '공부'가 '자유'의 이념과 뗄 수 없는 관련을 가지고 있다는 말이기도 하고요.

읽은 것을 이어 붙이는 메모들

이제 좀 더 구체적인 이야기를 해보겠습니다. 앞서서 '몇 가지 읽기의 모델에 관하여'에서도 이야기한 바 있습니다만, 우리가 '공부로서의 읽기'를 한다고 한다면, '그냥 읽기'와는 조금 다른 접근이 필요합니다. '공부'가 그 행동의 결과로서 생산하는 것이 '공부하는 사람'이고, 이 사람은 '공부하는 사람'이 됨으로써 이전과는 '다른 삶'을 생산합니다. 이게 사실은 가장 큰 그림이고요. 그러나 세부적으로 보았을 때, 우리의 '공부'는 그에 따르는 여러 가지 '글'들을 생산합니다. 그 중에는 씨앗문장도 있고, 요약문도 있고, 발제문도 있을 테고요. 나아가 세미나가 끝날 무렵에는 '에세이'를 쓰기도 합니다. 그렇게 '숙제'로 설정된 여러 글들이 있겠지만, 그보다 원초적인, 읽는 동안에 우리가 끄적여 놓는 짧은 메모가 사실은 그 모든 '글'들의 씨앗임은 다시 말할 것도 없습니다.

발제문을 쓰는 과정을 예로 들어 보겠습니다. 세미나 준비를 하면서 텍스트를 읽어 가는 동안 우리는 밑줄을 긋고, 별표를 치기도 하고, 텍스트에서 전개되고 있는 논리적인 과정을 노트에 옮겨 쓰면서 메모를 하기도 합니다. 이러한 일련의 과정을 통해 '읽기'는 텍스트에 메타적인 정보를 더해 가는 과정으로 정의될 수 있을 겁니다. '발제문'은 그렇게 내가 달아 놓은 메타 정보들을 모아서 텍스트를 두고 토론해 볼 만한 주제를 담은 결과물일 테고요. 그렇기 때문에 텍스트를 읽는 과정에서 특정한 논점들에 대해 메모를 해두면 발제문 쓰기가 한결 수월해집니다. 아래 예를 보겠습니다.

유기적 사유방식은 또한 자연발생 - 물음을 여는 것이기도 하다. 즉 무기적인 것에서 유기적인 것으로, 미리 형성된 것에서 자기조직화된 것으로, 타율적인 것에서 자율적인 것으로 점차 성장하는 것에 대한 물음이다. 주지하는 대로 칸트는 『판단력비판』에서 "자연의 유기적 산물은 안에서는 모든 것이 목적이면서 상호 수단이기도 하다"*고 주장한다. 심지어 유기적인 것은 형이상학 체계의 모델로 사용될 뿐만 아니라 또한 『순수이성비판』에서 제시한 기계적 법칙과 자유 간의 이율배반에 대한 해결책으로도 사용된다고 말할 수 있을 것이다. 육휘, 『재귀성과 우연성』, 조형준 옮김, 새물결, 2023, 40쪽

⇨ 칸트는 『순수이성비판』에서 '자연적 인과성'을 『실천이성비판』에서 '자유의 가능근거'를 세운다. 문제는 인간이 양쪽 세계 모두에 발을 담그고 있다는 사실이다. 오로지 인과만이 있는 세계에서 '도덕'이 설 자리는 없다. 오로지 '자유'만 있는 세계에서 자연 세계의 '법칙'적 질서는 수립될 수 없다. 이 두 세계를 어떻게 화해시킬 수 있을까? 『판단력비판』의

* 백종현 선생이 번역한 아카넷 출판사의 판본에서는 칸트의 이 문장을 "자연의 유기적 산물은 그 안에서는 모든 것이 목적이면서 교호적으로 수단이기도 하다"로 옮기고 있다.

'목적이면서 상호수단인 것'으로서 '유기적 산물'의 개념은 이 두 세계의 통합을 목표로 제출된다.

앞의 인용문은 실제로 제가 앞서 읽고 있다고 언급한『재귀성과 우연성』의 한 구절을 옮겨 쓴 것이고 그 아래는 간단한 코멘트를 붙인 메모입니다. 마침 2024년에 문탁네트워크에서 진행하는 '칸트 3비판서 읽기' 세미나와 관련이 있는 구절이어서 메모를 해둔 것이고요. 이 메모가 실제 세미나나 에세이에 쓰일지 어떨지는 알 수 없습니다만, 텍스트에 직접 언급된 칸트나, 유기체 철학을 주창한 화이트헤드를 언젠가 읽게 된다면 그때 생산되는 다른 메모들과 연결되면서 하나의 완성된 '글'로 이어질 가능성이 있습니다. 특히 '유기적 산물'이라는 개념을 통해 칸트에 접근하는 것은 이전에 본 적 없는 독특한 접근법이기 때문입니다. 이런 식으로 '읽기-메모'를 꾸준히 모아두는 것이 중요합니다.

우리가 읽은 것을 글로 옮기기 어려워하는 것은 첫째는 '글감'을 정하기가 어려워서이고, 둘째는 '글감'을 정한 다음에 해당 글감을 뒷받침할 수 있는 자료들을 다시 찾아보아야 하기 때문입니다. 다시 말해 읽고 난 다음에 막상 쓰려고 하면 읽었던 것이 어디에 있는지 생각이 나지 않기 때문입니다. 그리고 이러한 표면적인 이유들보다 좀 더 근본적인 문제도 있습니다.

가장 중요한 세번째 문제는 읽는 동안에 '쓰는 것'을 거의 생각하지 않는다는 점입니다. 다시 말해 '읽기' 따로 '쓰기' 따로 한다는 것입니다. 이는 다르게 말해 생산의 관점에서 읽지 않는다는 말이고요.

읽기와 쓰기

'생산의 관점에서 읽는다'는 말은 결국 '쓰기'를 염두에 둔 '읽기'를 말하는 것입니다. 그러나 그것만을 의미하는 것은 또 아닙니다. 앞서 언급한 것처럼 어떤 텍스트와 강렬하게 만났다면, 그러한 만남은 우리의 삶 자체를 바꿔 놓기도 하니까요. 이 경우 우리는 읽기를 통해 우리 자신을 생산한 것이 됩니다. 그러나 그러한 근본적인 의미는 잠깐 접어 두고 오로지 '쓰는 것'과 관련해서만 이야기해 보겠습니다. 사실 이는 매우 간단한 이야기입니다.

무언가를 읽을 때, 머릿속에 떠오르는 다양한 생각들이 있을 겁니다. 그리고 그 '생각'이 굳이 독창적이거나, 뛰어날 필요도 없습니다. 물론 그런 생각들이 파바박 튀어나온다면 그것보다 좋은 일은 없을 테지만 말이죠. 말하고 싶은 것은 '메모'로 옮겨 놓을 것을 정하는 기준을 조금 낮춰도 된다는 것입니다. 이 기준이 너무 높으면 자칫 아무것도 메모하지 못하고 읽기가 끝나 버릴 수도 있으니까요. 실제 메모를 하면서 읽어 가다 보면 자연스럽게 자신만의 기준을 만들 수 있을 겁니다.

저의 경우에는 직감에 주로 의존하는 편입니다. '이거 어딘가 써먹을 수 있겠다' 싶은 기분이 든다면 일단 메모를 합니다. 다만 '메모'는 분류를 해두는 편입니다. 이것도 간단합니다. '인용문이 있는 메모', '인용문이 없는 메모' 딱 두 가지 분류만 가지고 있습니다. 인용문이 있는 메모는 읽고 있는 텍스트를 옮겨 적어 놔야 하는 경우이고, 인용문이 없는 메모는 인용문과 직접 관련은 없지만 예전에 읽었거나 겪은 일이 불현듯 생각나면서 어떤 문제의 실마리를 잡았을 때, 또는 어떤 '질문'이 생겼을 때, 그 생각과 질문을 적어 놓는 용도로 사용합니다. 그렇게 메모를 하고 나면 그 메모 안에서도 특정한 '키워드'들을 찾아낼 수 있습니다. 앞에서 예로 들었던 육휘의 글이라면 '육휘', '칸트', '현대 철학', '순수이성비판', '판단력비판', '유기체', '기술 철학', '화이트헤드', '근대 철학', '자유', '자연', '목적론', '목적' 등이 될 수 있을 테고요. 그런 키워드들도 메모 안에 정리를 해 둡니다. 여기까지 오면, 이 '메모'는 아날로그적인 수기 방식으로는 효율이 좀 떨어질 수밖에 없습니다. 태그 기능을 지원하는 메모앱이나 제텔카스텐 방법론*에 따라 만들어진 메모 프로그램을 이용하면 훨씬 좋습니다. 그런 프로그램들에서는 메모들 간의 연결을 지원합니다. 이를테면 특정한 키워드를 누르면 해당 키워드가 포함된 그동안 작성한 메모들을 모아서 열람할 수 있는 식이죠. 따라서, 쌓여 있는 메모를 읽다 보면 이미 스쳐 지나가 버린 과거의 내가 했던 생각들을 보며 놀라기도 합니다. '지금보다 훨씬 똑똑했잖아?' 이러면서 말이죠.

어쨌든, 이렇게 메모를 쌓아 가는 것은 지금 나의 '읽는 행위'를 다만 거기서 끝내지 않도록 해줍니다. '쓰기'로, 다른 '읽기'로 이어 가게 해주는 것이죠. '읽기에 생산의 관점에서 접근한다'는 말의 의미는 그것입니다. 지금 하고 있는 '읽기'를 단절시키지 않는 것, 다른 '공부'와 연결하는 것입니다. 이때 '연결'은 이중적입니다. '읽기'와 '쓰기' 사이의 연결이기도 하면서 써놓은 '메모들' 간의 연결이기도 합니다. 우리는 몸은 하나, 뇌도 하나, 눈은 한 쌍으로 이루어져 있습니다. 그래서 한번에 한 편의 텍스트만 읽을 수 있고, 여러 편의 텍스트들은 순차적으

---

* 제텔카스텐은 사회학자 니클라스 루만이 활용했다고 알려진 메모 방법론입니다. 이에 대해서는 숀케 아렌스, 『제텔카스텐』(김수진 옮김, 인간희극, 2023)을 참고하세요.

로 읽을 수밖에 없습니다. 계획에 따라 어느 시기에 어떤, 어떤 텍스트를 읽겠다고 계획을 세우고 읽어 갈 수는 있겠지만, 이 계획을 넘어 버리는 일에 대해서는 어쩔 수가 없습니다. 가령 2024년에 칸트를 읽으면서 2030년에 어떤 철학자의 글을 읽으면서 칸트를 다시 생각하겠다는 식의 계획은 사실상 불가능하다는 것입니다. 그런데 만약 2024년에 칸트를 읽으면서 충실하게 키워드별로 정리해 놓은 메모들이 있고, 2030년에 우연찮게 칸트에 의지해서 자신의 사유를 펼치는 어느 현대철학자의 글을 읽게 된다면 어떨까요? 2024년에 해놓은 메모들이, 아무 계획이 있었던 것은 아니지만 2030년에 이르러서야 활발하게 활동을 하기 시작할 겁니다. 그렇게 '연결'은 나의 '의도'를 넘어섭니다. 사실 '읽는 사람'들이 연결되는 '세미나'도 그와 비슷합니다. 나의 의도, 바람 같은 것들을 넘어서는 우발성이 그 '연결'들 속 있습니다.

'읽기'와 '쓰기'를 연결하고, '쓴 것들'을 연결하고, '읽는 사람'들과 연결되시기를, 공부가 만들어 내는 우발성의 모험 속으로 들어가 보시기를, 그래서 우리 모두 더 잘 변신하는 신체가 되기를 바랍니다.

덧달기 7
모든 책을 끝까지 다 읽을 순 없다

한 번 잡은 책을 끝까지 읽어 내는 것보다 좋은 것은 없습니다. 그렇게 읽을 수 있다는 건 그만큼 몰입했다는 것이고, 그 정도로 몰입했다는 건 내 안의 무언가가 바뀌었다는 의미이기도 하니까요. 그런데, 모든 책을 다 그렇게 읽을 수는 없습니다. 이건 사실 간단한 계산입니다. '공부'를 하려고 어떤 텍스트를 읽기 시작하면 필연적으로 만나게 되는 게 있습니다. 다름 아니라 '미리 알아야 하는 것들'이죠. '미리 알아야 할 것들' 중에는 내가 읽고 있는 텍스트의 저자가 중요하게 인용하는 문학작품, 역사적 사건, 다른 철학자의 이론, 사회학 이론, 과학적 지식 등등이 있고요. 그 중에는 내가 읽는 텍스트의 주석에 서술된 정도의 지식만으로도 괜찮은 게 있는가 하면, 인용된 텍스트의 앞뒤, 그 앞뒤의 앞뒤까지 모두 읽어 봐야 넘어갈 수 있는 것도 있습니다. 요컨대, '공부'를 하다 보면 읽어야 할 텍스트의 양이 기하급수적으로 늘어날 수밖에 없습니다. 그러면 A라는 책을 읽기 위해서 B라는 책을 읽어야 하고, 그걸 읽기 위해서 C를, D를…, 하는 식으로 읽어야 할 책의 목록이 끝없이 늘어납니다. 가끔 TV인터뷰에 나오는 학자들의 연구실에 그렇게나 많은 책이 있을 수밖에 없는 이유입니다. 그 모든 책을 '다 읽는다'는 것은 불가능합니다. 다 읽으려고 한다면 원래 읽으려고 했던 텍스트는 죽을 때까지 못 읽게 될 테고요. 읽고 있는 주요한 텍스트를 중심으로 그것에 연결되는 '연관 텍스트'들이 있고, '연관 텍스트'는 '주요 텍스트'와의 관련 속에서 특정 부분, 특정 맥락을 찾아보는 정도에 그칠 수밖에 없습니다.

많은 경우 '읽지도 않을 책'을 옆에 두는 것에 대해 부채감 같은 것을 갖고 있는 경우를 자주 봅니다. 저도 사실 그렇고요. 그리고 그 정도의 부채감을 갖는 것은 읽기를 계속 끌고 가는 동력이 되기도 한다는 점에서 꼭 나쁘다고 볼 수는 없습니다. 다만, 그런 부채감을 피하기 위해서 아예 '연관 텍스트'를 무시하면 안 됩니다. '주요 텍스트'를 읽는 중에는 도저히 이해가 되지 않던 것도, '연관 텍스트'의 아주 사소한 구절을 통해 풀리는 경우가 많기 때문입니다. 또 그렇게 '연관 텍스트'를 자주 찾아볼수록 텍스트들의 관계망을 직관적으로 알 수 있게 됩니다. 이를테면 어떤 철학자는 누구의 영향을 많이 받았고, 누구를 비판하며, 누구누구와 한 묶음으로 엮일 수 있고, 이는 역사적으로 어떤 계보 속에 놓일 수 있다는 식의 '연관 관계'를 포착할 수 있게 되는 것이죠. 그래서 저는 종종 '책은 일단 뒤표지만 봐도 공부가 된다'는 말을 하곤 합니다. 논문이라면 '초록'이 그럴 테고요.

말하자면 '담론'이란 하나의 텍스트로부터 생겨나는 것이 아니라, 그러한 텍스트들의 '연관' 속에서 구성되는 것입니다. 이를테면 들뢰즈의 작품들을 시대순으로 놓고 보면, 그가 직접 '철학사'를 쓴 적은 없지만, 이른바 '철학사적 작업'이라고 불리우는 특정한 시기가 있습니다. 흄, 스피노자, 니체 등에 관한 작품을 쓰던 시기죠. 박정태 선생님이 엮고 번역한 『들뢰즈가 만든 철학사』라는 책을 보면 '책'으로 나오지는 않았지만 에세이나 논문에 해당하는 짧은 글들이 더 많습니다. 이 작업을 통해 우리가 알 수 있는 것은 들뢰즈가 '철학사적 작업'을 통해 철학사의 계보를 새로 만들고 있다는 점입니다. 이는 자신의 철학을 담론적인 공간 안에서 어디에 놓을지, 놓을 자리를 만들었다고 바꿔 말할 수도 있을 겁니다. 그러면 이러한 사정을 고려하여, 이렇게 생각해 볼 수도 있습니다. 내가 어떤 텍스트들을 어떻게 묶느냐에 따라 전에 없던 독특한 '담론'을 구성해 낼 수도 있다고 말입니다. 그래서 '주요 텍스트' 바깥의 '연관 텍스트'들을 찾아보는 것이 중요해집니다. 왜냐하면 '주요 텍스트'를 쓴 그 사람도 결국 자기가 구성해 낸 '연관 텍스트'들의 목록 안에서 '주요 텍스트'를 구성해 낸 것이기 때문입니다.

그래서 저는 우리가 '공부'를 할 때 하나의 텍스트에만 머물러서는 안 된다고 생각합니다. 텍스트들의 연관망 전체를 시야에 넣고 공부해야 하는 것이죠. 물론 그와 동시에 '주요 텍스트'에 끈끈하게 달라붙어 있는 진득함도 있어야 합니다. 그래서 '공부'가 어렵습니다. 달라붙는 것과 나가는 것을 동시에 해야 하니까요.

그래서, 정리하면, '모든 책을 다 읽을 수는 없다. 그러나 쉬지 않고 읽을 수밖에 없다'라고 말할 수 있겠습니다.